「ゆっくり泣いて」
甘やかす声と慈しむように撫でてくれる手に、ほろほろとまた涙が零れてしまう。嗚咽を無理に飲み込むと、「我慢しなくていいよ」と耳元で囁かれた。耳から染み透る声の心地よさに、凛一は身体から力を抜いた。

銀《ぎん》色《いろ》きつねは愛《あい》されアルファ

葵《あお》居《い》ゆゆ
ILLUSTRATION：カワイチハル

銀色きつねは愛されアルファ

LYNX ROMANCE

CONTENTS

銀色きつねは
愛されアルファ

1

淡い灰色をした石畳の広場には、秋の日差しが降り注いでいた。午後のひととき、ちょっと休憩しようという人々が、ベンチに座ったりのんびり歩いたりしてくつろいでいる。シンボルとして植えられたヒメリンゴの樹《き》にはヒヨドリが二羽、可愛《かわい》い声で鳴いていた。

あたりに漂うのはコーヒーの香りだ。広場の一角に深いグリーンのキッチンカーが停《と》まっていて、いい香りの元はそこだった。

ちょうど、客二人がコーヒーを受け取ろうとしている。手渡したのは二十代半ばの男性で、きりりとした目が印象的な顔に笑みを浮かべていた。黙っているときつく見えるほど整った顔立ちが、笑うと光を振りまくようで、蘇芳凜一《すおうりんいち》は胸を押さえた。

表情筋はぴくりとも動かないが、かわりに心臓が激しく速い。普段は好きでつい見てしまうヒヨドリも目に入らないくらい、めちゃくちゃに緊張していた。

(大丈夫……沖津《おきつ》くんは親切だし、昨日、あのお弁当だって食べたし)

職場で唯一凜一にも親しげに声をかけてくれる人が教えてくれた、恋に効くと噂《うわさ》の弁当を、凜一はわざわざ遠出して買った。なんでも同じ研究所に籍を置く男性の奥さんがひらいているお店なのだそうだ。普通半獣といえばアルファなのに、奥さんは珍しい半獣のオメガで、二人は運命のつがいだからか、恋愛成就を願って通う人もいると聞いた。

もちろん、凜一には成就を願う恋があるわけではない。その弁当に、本気で効力があるとも思っていなかった。けれど今回の頼みごとは、表面上は恋愛要素があることだし、なにか縁起でもかついでおかなければ、決心がにぶる気がしたのだ。

食べておいてよかった。凜一はどきどきと動悸《どうき》がおさまらない胸をもう一度押さえた。たぶんなにもしなかったら、今ごろ諦めて回れ右していたと思う。

大丈夫、と今度は声に出して呟《つぶや》いて、凜一は一歩踏み出した。

これも兄のためだ。理由を話せば沖津が引き受けてくれる可能性は高い。

終わったら今のような関係は続けられなくなるだろうが、それは覚悟の上だった。

心臓が爆発しそうなくらい緊張しつつ、顔だけは普段どおりの無表情で凜一はキッチンカーに歩み寄った。まだたどり着かないうちから、カウンターの中の男性がにこっ、と笑う。

「いらっしゃい、蘇芳さん。今日はどうする?」

かるく首をかしげる仕草にあわせて、明るい色をした長めの髪が揺れる。年齢はおそらく凜一の数個下だろう。くっきりした眉《まゆ》に力のある瞳、まっすぐな鼻梁《びりょう》。どことなく野性味のある雰囲気と整った容貌があいまって、彼――沖津吉見《よしみ》には不思議な色気がある。女性も男性も惹《ひ》きつける類《たぐい》の、磁力のようなものだ。

この人はなんでいつも眩《まぶ》しいのだろう、と思いながら、凜一は微妙に視線をずらした。

「……シトロンラテで」

抑揚も愛想もない声がすべり出る。冷ややかで無感情で、他人を見下している――ように聞こえるらしい声だ。たいていの人が一瞬ひるむ凜一の声に、沖津は屈託なく笑った。

「昨日は普通のシトロンコーヒーだったもんね。いつもありがとうございます」

手際よくコーヒーを淹《い》れはじめた沖津は、合間に振り返って凜一を見る。

「今日はコーヒー飲む気分じゃないのかなって思ってた」

「……なぜ？」

眉根を寄せると、沖津はまた明るく笑う。

「やだな、怖い顔しないで。蘇芳さん、広場に出てきても、すぐこっちに来てくれなかったからさ」

見られていたのか。みっともないところを見せてしまった、と内心動揺したが、凜一の表情はほんのわずか、不機嫌そうになっただけだった。一瞥《いちべつ》した沖津が慌てたように言った。

「べつにずっと見張ってたとかじゃないよ？　そりゃ、今日は遅いなと思って気にしてはいたんだけど……いつも、蘇芳さんが出てくるとすぐ気づいちゃうんだよね」

それはそうだろう、と凜一にもわかる。自分が目立つ外見なのは理解していた。

黒髪に褐色の目はごく普通だが、目立つのは、頭から大きく生えた尖《とが》ったきつねの耳と、尻から垂れるふさふさの尻尾《しっぽ》だ。どちらも銀色で、凜一も自分以外の銀ぎつねの半獣に会ったことがなかった。蘇芳家はきつねの半獣が生まれる家系だが、親族の中でも半獣なのは凜一と兄の瑶一《よういち》と、もう一人女性がいるだけで、彼女も兄も普通の赤ぎつねだ。

百七十五センチの低くはない身長の人間が珍しい銀ぎつねの半獣なら、いやでも目立つ。だから沖津は悪くない。目立つとわかっていて、もたもたしていた自分がいけないのだ。

やっぱり、と決心がにぶりかけた。こんな相談、やめておこうか。

「なにかあったんですか？」

柑橘《かんきつ》とコーヒーの香りがふわっと鼻をかすめ、凛一はいつのまにか俯《うつむ》いていた顔を上げた。沖津が紙カップを差し出して、心配そうに首をかしげる。

「なんかちょっと、いつもより元気ない？」

「――いや、健康だよ」

ぴったりの額の小銭をカウンターに乗せ、凛一はカップを受け取った。ほんの少しだけ触れあう指にたまらなくどきどきしながら、表面上はそっけなく顔を背ける。

「ただ、きみに、頼みがあって」

「俺に？　全然いいけど、どんなこと？」

急な申し出に驚いている沖津の質問には答えず、彼を見ないまま後退《あとずさ》った。

「説明したいから、時間をくれないか。今日の夜、仕事が終わったあとの都合は？」

「大丈夫、大歓迎。じゃ、飯でも食おっか」

「食事はいい。では七時にここで」

言うだけ言って踵《きびす》を返すと、自然、早足になった。シトロンラテのカップを握りしめ、逃げるように勤め先の研究所の建物に入って、凛一はそこでため息をついた。

言ってしまった。

予想どおり、沖津は「頼まれごとなんていやだ」とは言わなかった。もちろん今夜、凛一の頼みを聞いたら断られるかもしれないけれど――彼は、たぶん断らない。

凛一が沖津と出会って半年が経《た》つ。この半年、彼は凛一にいつも話しかけてくれた。高慢なアルファなんて、いくら客商売でも個人的に親しくなりたいはずがないのに、「今日もいい天気だね」とか「今度遊びに行きましょう」とか、沖津はとにかくほがらかだ。社交辞令はいらない、と言っても「そんなんじゃないよ」と笑い、二言目には「蘇芳さんは妹の恩人でもあるんだから」と言う彼が義理堅い性格なのは、よくわかっていた。

誘いには乗れなくても、声をかけてもらえるのは嬉《うれ》しくて――ついつい彼のキッチンカーに通ってしまっているなんて、沖津が知ったら気持ち悪がるだろうけれど、凜一にとってのこの半年は、人生で一番、ふわふわと夢見るような時間だった。

半年前の四月、凜一は異動してきたばかりの研究所の環境に馴染《なじ》めずにいた。

正確に言うなら、異動になった事実から、なかなか立ち直れずにいた。

新しい所属は「資料室係」で、凜一ひとりだけの部署だったのだ。おそらく本社から追い出すために作られたもので、所長に業務内容を聞いても、彼女も困った様子だった。とりあえず資料を整理してくれればいいと言われたものの、なにから手をつければいいのかわからず、途方にくれるしかなかった。

都心にある本社とは違い、郊外の大学を中心に開発された街の中に、研究所はある。数年前に移転した真新しい建物だが、以前からの膨大な紙の資料や古いデータのおさまったハードディスク、いつからのものかわからない議事録などが雑多につめこまれた資料室は、ただの物置みたいだった。

本社の誰かに質問するか、せめて所長に具体的な相談をするという手もあったが、凜一はそうしなかった。本社で凜一から声をかけてうまくいった試しがなかったからだ。そんなつもりはなくても、凜一の話し方は冷たく、嫌われているとか、見下されていると感じる人間が多いらしい。

それに、これは左遷だろうと自覚があった。ならばなにをしても同じだから、所長の手を煩わせるまでもない。

左遷だったとしても、命じられた仕事がある以上辞めるつもりはなかったので、落胆しつつも凜一は、資料室にあるものをひとつひとつ確かめることからはじめた。

やることが決まってしまえば、ひとりきりで作業するのは苦ではなかった。子供のころから他人とうまくやれなかった凜一にとっては、むしろ気が楽で集中もできた。

来る日も来る日も資料室にこもり、ほかの職員とは触れあわない日が続いたが、昼食を買いに出るときなどにすれ違うことくらいはある。

今でもよく覚えている。五月の連休明けのその日、外に出ようと廊下を歩いていたとき、向こうから戻ってくる三人連れの職員たちと行きあった。みんな紙カップを手にして、噂どおりおいしいと楽しそうに話していた。コーヒーの香りが漂ってきて、凜一はふと足をとめた。それくらい、いい香りだったのだ。焙煎《ばいせん》されたコーヒー豆の、深く吸い込みたくなるような匂い。

凜一に気づいた職員のひとりが、親切にも声をかけてくれた。

「これ下の広場で買えるんだよ。おいしいって噂で、みんなで買ってきたとこ。えーと……蘇芳さんだっけ？　よかったら蘇芳さんも行ってみたら」

真野《まの》という男だった。物静かな人間の多い職場の中で一番おしゃべりで、凜一にも気さくに挨拶《あいさつ》してくれる。せっかく声をかけてもらったのだから、愛想よく返事をすればいい——と頭では理解しているのに、凜一はできなかった。

そんなだからおまえは駄目なんだ、という祖父の声が脳裏に蘇《よみがえ》り、呼吸が苦しくなる。

「お気遣いどうも」

コーヒーの香りに惹かれたと気づかれたのがショックだった。嬉しさよりも動揺のほうが大きく、普段より冷たい声が出る。真野と一緒にいたほかの二人は露骨に引いた顔になった。真野も困った笑みを浮かべていて、失敗したと思ったが、フォローもできない。

違うんだ、と弁解できるような性格だったら、そもそも左遷されたりしなかっただろう。

だが、態度を改めたいと思っても、染みついた忌避感のほうが上回る。感情を知られることが、凜一は怖かった。

感情とは弱い部分で、弱みを他人に見せるのは馬鹿《ばか》のすることだ、と、繰り返し繰り返し教え込まれてきたから。

それは八歳のときに凜一と兄の瑶一を引き取った祖父の教えだった。厳格で子供相手にも甘えはいっさい許さないと言い放つような性格だった祖父は、兄弟を厳しく躾《しつ》けた。

たとえば「おばけが怖い」と言うのも駄目だった。非科学的なものを信じること自体が愚かだし、「怖い」という感情は弱虫が持つもので、決して口にしてはいけない単語だった。泣くのはもちろん許されず、怒られたときも転んだときも、泣けば罰が待っていた。

食事のときに笑うのも駄目だった。感情の起伏が激しいのは弱みにつながる。なにをどう感じるかを相手に知られるのは弱みを知られるのと同じで、人の上に立つ人間になるにはそれではいけないと何度も言われたものだ。共感されるよりも畏怖されるようになれ、と彼は言い、同情されたり憐《あわ》れまれたりするのは恥だ、と教えられて凜一は育った。

学校の勉強はできて当たり前で、できないのは落ちこぼれの悪い子。運動ができないのは恥ずかしいことで、なにごとも期待された以上にこなさなければ許されなかった。祖父曰《いわ》く、蘇芳家の男子は強く正しくなければならないから、子供のうちから努力が必要、とのことだった。

「たとえ半分きつねの外見でも、努力しなくていいということじゃないんだ。むしろ半獣だからこそ、どこに出しても恥ずかしくない人間にならなければ。みっともない耳と尻尾がついているんだからな」

祖父はこの時代には珍しく、半獣が嫌いだった。

獣の耳や尻尾などの特徴を持った人間が現れたのは、アルファ、ベータ、オメガという第二性差が出現したのと同じ時期だと言われている。今では半獣のアルファは身体的にも能力的にも、普通のアルファより優れているというのが一般の感覚だ。狼《おおかみ》の半獣ならリーダーシップがあり、豹《ひょう》ならば俊敏で決断力がある、きつねは賢く立ち回りがスマート――というように、それぞれ動物のイメージを踏襲した優秀さを備えた者が多い。

だが祖父は、「昔はそんな恥ずかしい外見の人間はいなかった」と公言してはばからず、凜一と同じく半獣の兄の瑶一にも厳しかった。

兄のほうは勉強も運動も得意で利発だったので、

そのうち祖父が小言を言うのは凜一だけになった。

祖父が苛立《いらだ》つのは無理もなかったのだろう。凜一はなにごとにつけテンポが遅く、理解するのに時間がかかる子供だった。会話の反応も遅く、先生やクラスメートにもいらいらされていた。

最終的に成績はよくなったものの、理解に時間がかかるせいで、中学二年生くらいまではテストの結果も芳しくないことがたびたびあり、毎回祖父には怒鳴られたものだ。

スポーツも、瞬発力が必要なものは壊滅的で、新学期最初の体育の授業はいつも憂鬱《ゆううつ》だった。半獣、しかも珍しい銀ぎつねなら、なにごとも颯爽《さっそう》とこなすだろう、という期待に応えられず、みんなが呆気《あっけ》に取られたあとで馬鹿にしたような空気になるのがつらかった。

凜一なりに、努力はしたつもりだった。アルファらしく誇りを持て、弱みを見せてはならない、他人を安易に頼るな——祖父に言われるとおり、どこでも笑ったり泣いたりしたことはない。相談をしたことも、助けを求めたこともない。

けれどそれは結局、凜一と周りの溝を深めただけだった。泣くことも笑うことも我慢しているうちにできなくなり、なにを考えているかわからないと言われ、話し方は冷たくて高慢だと嫌われた。どうしたらいいかわからないまま喜怒哀楽がほとんど表情に出ない大人に育ち、凜一は相変わらず「落ちこぼれ」だ。

祖父は三年前に他界するまで、病床にあっても凜一を見ると言ったものだ。

おまえは少しも毅然《きぜん》としていない。秀でたところがなにもないのだから、せめて努力は怠るな。どうしておまえのような落ちこぼれが蘇芳家に生まれたのか、祖先様に顔向けができない、私が恥ずかしい……。

本気で嘆く祖父の声を思い出すと、今でも身の置きどころのない気分に襲われる。今年の十二月には二十九歳になるというのに、凜一は未《いま》だに祖父の言葉からは逃れられないのだった。祖父がすべて正しいわけではない、とわかっていてなお、彼の言うとおりにしようと努力してきた癖が抜けない。

あんな態度を取らないですめばいいのに、と自己嫌悪に陥りながら、顔はいつもどおりの冷ややかさを保って外に出た凜一は、迷った挙句に広場に出ているキッチンカーを目指した。連休前から、そこに深緑色のキッチンカーが停まるようになり、コーヒーが売られているのは知っていたが、買ったことはなかった。

コーヒーは好きだ。なかなか好みの味に出会えないのが難点だが、好みでなくともラテにすればけっこうおいしく飲める。真野が教えてくれたのがいやだったわけではないとわかってもらうためにも、コーヒーを買って戻ろうと決め、数人並んだ列の最後につく。

目の前にいるのは小柄な女性だった。まだ高校生だろうか。駅の反対側には住宅街もできはじめたが、こちら側は研究所や倉庫、会社ばかりの地区で、この年代の女性はあまり見かけない。なにげなく見やってオメガだと気づき、凜一はわずかに眉をひそめた。

最近は普通の企業で働くオメガも増えたとはいえ、ひとりでいるのはやはり珍しい。守ってくれる存在がいなければ、危ない目にあう可能性が高いからだ。

成人したオメガは三か月ほどの周期で発情期があり、男女の性別に関係なく妊娠することができる。

その時期に、彼らはアルファを誘うフェロモンを発するのだ。今は質のいい抑制剤があるが、フェロモンが消えるわけではない。

その上、種の繁栄のために存在するような第二の性を持つオメガは、総じて見目がよく、人の庇護《ひご》欲、あるいは嗜虐《しぎゃく》欲をそそる雰囲気を持っている。フェロモンが効かないベータが「オメガだから」という理由で暴行を加える事件もあるくらいだ。

だからオメガは十八歳まではオメガ専用の学園に入ることが多いし、そこを出たらすぐに結婚する者が多い。ひとりきりで出歩くことはあまりなく、若いオメガならオメガ同士で連れ立っている。

なにか事情があるのか、連れのいない彼女は発情期が近いらしく、甘い特有の香りがした。漂うフェロモンはわずかでも、アルファが近づけばすぐ気づく。

この匂いが凜一はあまり好きではなかった。性的に興奮したことは一度もない。落ち着かない、どこか不安な気持ちになるだけで、ずっと嗅《か》いでいると具合が悪くなってしまう。

だが、一般的にアルファはこのフェロモンに弱い。意思に関係なく作用して、性的興奮が高まるのが普通だ。アルファも多く勤めている地域だから、オメガがこんな匂いをさせてひとりでいるのは、どう考えても危ない。

どうしたものか、とだいぶ悩んで、彼女が次に頼む番まで列が進んだとき、凜一はようやく声をかけた。

「きみ、オメガだね」

はじかれたように女性が振り向いた。まだ少女めいた顔が驚いたように凜一を見上げ、アルファだと気づいて顔色が変わった。怯《おび》えたようにまばたく目を見つめて、凜一は告げた。

「フェロモンが出ている、発情が近いはずだ。面倒を起こさないうちに、誰か庇護してくれる人間と安全な場所に行くべきでは？」

「な……っ」

あっというまに顔を紅潮させた彼女は、きつく凜一を睨《にら》んでくる。

「いきなりなんですか。失礼です！」

「事実を指摘したんだ」

「だからって、」

なおも抗議しかけた彼女は、前の客が振り向いたのに気づいて恥じるように首筋を押さえた。足早に列を離れていく彼女に、慌てた声がかかる。

「結衣《ゆい》、結衣美《ゆいみ》！　待てって！」

キッチンカーの中でコーヒーを売っている青年だった。車から飛び出してきた彼は、凜一に歩み寄ると迷いなく襟首を摑《つか》み上げた。

「あんたアルファだろ」

踵《かかと》が浮くほど持ち上げられて、凜一は身体《からだ》を竦《すく》ませた。緊張で銀色の耳が小刻みに動く。

彼はベータなのに、アルファの凜一よりもさらに背が高かった。凜一の襟元を摑んだ手は大きく、腕には綺麗《きれい》に筋肉がついている。Tシャツの下の身体も鍛えられていて厚みがあり、その全身から、焼けそうな怒気が発散されていた。

「妹になにを言ったんだよ!?」

顔を近づけられた瞬間、どうしてか、凜一は彼の瞳に目を奪われていた。

細かな星をちりばめたように、眩しい瞳だった。怒りで激しく輝くそれを、綺麗だ、とこんなときなのにぼんやり思う。

「侮辱したのか!?　それともどこか触ったのか、このきつね野郎」

めったに聞かない蔑称を吐き捨てられて、はっと我に返ってから、凜一は悲しい気持ちになった。自分だって、好きできつねに生まれてきたわけじゃない。せめて兄のように堂々とできればよかったけれど、取り柄のない自分がどうしてアルファなのか、半獣なのかといつも疑問なのだ。

「――発情期が近いようだったから、気をつけるべきだと言っただけ」

目を逸《そ》らすと、ぐっと息を呑《の》んだ青年は乱暴に手を離した。

「アルファってデリカシーもないのな」

言い捨てて、客もそっちのけで走っていく。妹の行き先は心当たりがあるらしく、迷いのない足取りだった。見送って乱れたネクタイを直し、凜一はキッチンカーを離れた。


おいしいと評判のコーヒーは惜しいが、きっともう買えないだろう。残念だが仕方ない、と諦めて職場に戻り、定時まで資料室にこもったあと、挨拶することもなく退社した。

昼間飲み損ねたコーヒーを、どこかで買って帰ろうか、と思いながら駅の近くまで来たとき、凜一はあのオメガの女性を見つけた。たしか、結衣美と呼ばれていた。兄からも注意されただろうに、またひとりだ。

なにか思いつめた表情で、じっと立ち尽くしている。帰宅する時間帯、駅に向かう人は多く、オメガだと気づいた何人かが彼女を眺めて通り過ぎていく。もう一度声をかけるのも躊躇《ためら》われて、凜一も通り過ぎようとした。

あと数メートル、という距離に近づいたときだった。ふらりと結衣美の頭が揺れ、くずれるようにし

てうずくまる。昼間より強いフェロモンの匂いが鼻をかすめて、凜一は咄嗟《とっさ》に駆け寄った。

「きみ、昼間あれほど言ったのに——」

なにをしているんだと言いかけて、結衣美が苦しげなのに気づき、ため息が出た。どうやら本格的に発情してしまったらしい。

さすがに放置するわけにもいかず、とりあえずジャケットを脱いで震える彼女にかけてやり、迷った末に抱き上げた。結衣美の顔が泣きそうに歪《ゆが》む。

「いや……下ろして」

「歩けないんだから仕方ない。……心配しなくても、きみをどうこうする気はないよ。僕はどうもフェロモンが効きにくい性質みたいだから」

もがいても力は弱い。ざわざわと後ろめたい気分になりながら人の少ない場所を探して移動し、職場近くの広場まで戻ると、ベンチに結衣美を座らせた。

逃げたそうな彼女の腕を掴んで、凜一はもう一度ため息をついた。彼女だっていやだろうが、凜一だってこんなこと、やりたいわけじゃない。

「きみが不本意なのはわかる。だが、ひとりでいるより僕がいたほうがまだ安全だ。アルファがついているのにちょっかいを出す人間はいない」

「——」

「誰か、連絡できる人は？　パートナーとか……保護者とか」

改めて見ても幼い顔立ちだった。発情で潤んだ目が今にも泣き出しそうだ。

「……僕だってずっときみについていたいわけじゃない。早めに迎えにきてくれる人に連絡して」

三歩離れてそう言うと、結衣美はしばらく黙ったあと、スマートフォンを取り出した。一分としないうちに連絡がついたらしく、「兄が」と小さな声がする。

「迎えに、来てくれるって」

「――そう」

あのコーヒーの彼だ、と思うと立ち去りたかった。今度は殴られるかもしれない。顔をあわせたくなかったが、人気《ひとけ》がないところにオメガをひとり残していくのは気がひける。通りかかる人間がいない保証はなく、その人物が良心的かどうかだってわかるはずもない。

「あの……ごめんなさい」

かけてやった凜一のジャケットをかきあわせるようにして、結衣美が言った。

「迷惑、かけちゃって……助けてくれて、ありがとうございます」

小さいけれど、ちゃんと凜一に聞こえる声だった。礼を言われるのが意外で、凜一は俯いている彼女を見つめた。

「昼間、お兄ちゃんにも言われて……すぐ帰れば、よかったんですけど。喧嘩《けんか》してたから、どうしてもまっすぐ帰れなくて」

寒いのか、結衣美はベンチの上で膝《ひざ》をかかえていた。

「また怒られちゃう。結衣はいっつも無鉄砲だって」

あの兄なら怒りそうだな、と凜一は思ったが、続いた結衣美の言葉は予想とは違っていた。

「やっぱり結衣と結婚するのはやめるって言われたら、どうしよう……」

「……婚約者がいるのか？」

だったらよけいに軽率だろう、と眉をひそめた凜一の前で、彼女はこくんと頷《うなず》いた。

「あの人にとっては、私はたまたま条件があっただけの相手だってわかってるのに、ときどきすごくつらくなっちゃうんです。それで喧嘩して、よけいに愛想をつかされてって、悪循環ですよね」

「――そんな話を僕にされても困る」

自然と尖ってしまった声に、結衣美がびくりとこわばる。甘いフェロモンが凜一のほうまで漂って、もう一歩離れてため息をついた。

「大事な話は直接相手にすればいい。僕はきみの兄が来るまでの、単なる付き添いだ」

「……そうですよね」

濡《ぬ》れて掠《かす》れた声だった。ほんとにそう、という呟きは独り言のようだったので無視をして、凜一は暗い道路のほうを向いた。殴られてもいいから、早く結衣美の兄に来てほしい。フェロモンのせいで具合が悪くなりそうだった。

じっと待つこと五分ほどで、荒い足音が聞こえて、彼がやってきた。明るい色をした髪がなびき、俊敏な獣みたいに見える青年は、凜一を見るなり唸《うな》るような声をあげたが、彼が殴りかかるより先に結衣美が兄に抱きついた。

「お兄ちゃん、この人助けてくれたの！」

「でも、こいつ昼間も――」

「いいから、帰ろう」

結衣美は必死でなだめているが、離れていても怒りのオーラが伝わってきて、凜一はそわそわと後退った。夜なのに、彼はひどく眩しく見える。つり上がった目が自分を睨みつけていて、すごく怖いのと同時に、やはり綺麗に思えた。綺麗だけれど、怖い。尻尾が否応《いやおう》なく膨らみ、凜一は逃げ出したくなるのをこらえた。

「僕が気にくわないなら好きにしたらいいけど、妹さんは早く連れて帰って」

「――あんたに言われなくてもそうする」

嚙《か》みつきそうな顔をしながらも、息の荒い妹を心配したのだろう、彼は結衣美を抱き寄せた。凜一のジャケットを剝《は》ぎ取って、ベンチへと放る。そのまま無言で去っていく二人を見送って、凜一はジャケットを拾った。

オメガの匂いが染みついていて、着る気にはなれない。仕方なく腕にかけて駅へと戻りながら、世の中うまくいかないものだな、と思う。凜一がよかれと思ってした行動は、たいてい今日みたいに失敗に終わるのだ。

(でも、結果としてあの女性は危ない目にあわないですんだんだから、完全に失敗したわけでもない……よね)

そう自分を慰めてみても、満足感より徒労感のほうが強かった。

きっと、自分は世界で一番不器用なアルファなんじゃないだろうか。

会社だって、入社したばかりのころは期待されているのが伝わってきた。半獣のアルファはたいていが優秀なエリートだ。試験や面接を受ければ通らないところはなく、ゆくゆくは会社の中心的人材として活躍してほしいと取締役に直接言われたこともある。凜一も高校からは学校の成績は悪くなかったし、アルファというだけで期待してしまった会社の人たちの反応は当然だといえる。

だが、自分が決して「優秀なエリート」ではないことは、凜一が一番よくわかっていた。

特筆して得意なことはなにもないし、運動は苦手で、勉強はせいぜいが「人並みより少し上」でしかない。要領は悪くて、面白みがなく、余裕もない。

取り柄といえば記憶力くらいで、子供のころはこんなにどんくさいなんてアルファじゃないんじゃないか、と悩んだものだ。祖父にも性別を疑われ、引き取られてまもなく、まだ小学生のころに遺伝子検査を受けたことがある。結果はまぎれもなくアルファで、祖父は検査が間違っているのではと文句を言っていたが、凜一もひどくがっかりした。

いっそ、半獣で初めてのベータとかのほうがよかった。できないことを勝手に期待されて失望されるのは、すごく疲れるし申し訳ない。

評価は大人になってもたいして変わらず、入社六年目で閑職に回される有様だ。外回りの営業になったときは、頑張って笑う練習だってしたのだけれど。

(笑うとよけいに馬鹿にしている顔になるって言われたときはショックだったな……)

ぼんやり昔を思い出しながら帰ったせいか、夜は子供のころの夢を見た。祖父に叱られ、一晩庭で反省させられたときの夢だった。夜中にトイレに行きたいと伝える術《すべ》もなくお漏《も》らしをしてしまい、翌朝さらに怒られたときの、冷たくて恥ずかしい気持ちに追い立てられる夢。

どんよりした気分で出勤すると、広場にはもうキッチンカーが停まっていた。なんとなく避けて研究所の建物に向かおうとした凜一を、後ろから声が追いかけてきた。

「ちょっと、あんた、そこのきつねの人!」

無遠慮な声にぎくりとするまもなく肩に手がかかって、振り返った凜一の目に飛び込んできたのは、はにかむような明るい笑みだった。

「昨日はありがとうな。結衣美がオメガだから、俺もついかっとしちゃったけど、あのあとあんたが本当に助けてくれただけだって聞いて、謝らなきゃと思ってさ。ねえ、ちょっと時間ない？　とりあえずのお礼で悪いけど、コーヒー奢《おご》るから持っていってよ。昨日並んでくれてたのに、結局買えなかったでしょ」

　歯切れのいい話し方には、どこにも口を挟む余地がなかった。言われた内容を理解する余裕さえなく、「どう？」と首をかしげられ、凜一は五秒ほどかけて反芻《はんすう》してから、頷いた。

「時間は、あるけど」

　コーヒーを奢ってもらうほどのことじゃない、と言うより早く、ぱあっ、と彼が笑った。

「よかった！　じゃほら、こっち来て」

　ぐいっと手を引かれ、深いグリーンに塗られたキッチンカーの前まで連れていかれる。

「昨日はほんとにごめんね。結衣美に……妹、結衣美っていうんだけど、彼女にフェロモンのせいであの人のほうがつらかったかもって言われて、そっかそうだよなと思って。妹も謝っておいてくれって。あ、そういえば俺も名乗ってなかったよね、俺は沖津吉見です。吉を見る、で吉見」

　凜一を置いてさっと車の中に入った彼、沖津は手際よく作業しながら視線を向けてきて、凜一は小さく口をひらいた。

「蘇芳です」

「あそこの研究所の人だよね。コーヒー、なんにします？　うちはブレンドが一種類とシングルオリジンが三つ、フレーバーコーヒーはそれぞれ香りや味にあうようにオリジナルブレンドにしてるんだけど、希望があればキリマンジャロにチョコ追加とかもできます」

「――――詳しくないから、任せます」

「ラテとブラックはどっちが好き？」

「……ラテ、を」

「じゃあ俺のおすすめのラテにしますね」

にこっ、と屈託なく微笑《ほほえ》みかけられ、凜一は落ち着かなくなってきて視線を逸らした。ぽつぽつと、周辺の会社に出社する人間が広場を通り過ぎていく。しゅーっ、とマシンが立てる音に混じって、香ばしいコーヒーの香りがした。

「昨日蘇芳さんにはいやな思いをさせちゃったよね。俺、アルファの人ってあんま好きじゃなくて。妹、三月までオメガの学校に入ってたんだけど、もともとそこに入るきっかけになったのが、オメガだからって近所でいたずらされそうになったからなんだよね。三人がかりで……中にアルファがひとりいて、ほんとだったらオメガを守ってくれるはずなのにって思ったけど、優秀だからって性格がいいってことじゃないもんな。それ以来アルファは好きじゃないけど——それは蘇芳さんには関係ないことだよね」

相槌《あいづち》も打たない（というか、打てない）凜一にかまわずひとりでしゃべった沖津は、たっぷりコーヒーを注いだカップを差し出した。

「熱いから気をつけて」

「………ありがとう」

さっぱりした柑橘系の香りがするのが新鮮だった。馴染みのない匂いに戸惑っていると、沖津がカウンターから身を乗り出した。

「それ、シトロンラテで、俺が好きなやつなんだ。柑橘のシロップが入ってる」

「……そうなんだ」

「妹も好きなんだよ」

にこっとした沖津は、そこで表情を改めた。

「結衣がさ、昨日蘇芳さんに抱き上げられたときはすごい絶望的な気分だったらしいんだけど。でもこの広場まで着いたら、ベンチに結衣美だけ座らせてわざわざ離れてくれて、この人は大丈夫そう、って思ったらしいんだよね。なんか、危ない気配がしないってわかったんだって」

「……」

「そしたらほっとしちゃって、愚痴みたいなこと言ったんだって？　ちゃんと相手と話せって励ましてくれたって言って、感激してた」

「──励ましたわけじゃ、なかったんだけど」

きらきらした目がまっすぐに見つめてきて、凛一は困った。人前なのに、尻尾が落ち着きなく動いてしまう。微笑ましげな顔で眺めた沖津は「いいんだよ」と言った。

「蘇芳さんがそういうつもりじゃなくても、妹が励まされたって思ったんだからさ。で、俺はそれを聞いて反省したわけ。俺のほうが狭量でやなやつだったなって。怒鳴ったり侮辱したりして、本当にごめん。アルファだからって、みんながいやなやつなわけがないよね。今度改めてお礼させて。コーヒーはほんの気持ちにしかならないから、今度改めてお礼させて」

「それは……そういうのは、必要ない」

「でも、結衣美の婚約者も会いたいって言ってたし。おかげで喧嘩してたのも仲直りしたみたい。結衣の体調が落ち着いたらになるけど、どう？」

「……いや……」

正直、ほかのアルファが凛一はそんなに得意ではない。相手に失望されたくなくて、普段以上に気を張ってしまうからだ。見ず知らずのアルファと食事なりお茶なりを一緒にするなんて、重荷でしかなかった。

「お礼を言われたくてしたことじゃないから、本当にいい」

思わず尻尾を握りしめて横を向くと、視界の端で沖津がふわっと微笑むのが見えた。

「蘇芳さんて、わりと恥ずかしがり屋なんだ？」

「……え？」

どきっとして彼を見てしまうと、沖津は手を頭に添えた。耳を模したらしいそれを、手招きするみたいに動かす。

「耳がさ、断るたびにこうやってぴこぴこしてるから、もしかして照れてるかなと思って。全然俺のほうも見てくれないし」

「み……耳は……これは、」

緊張しているせいだ、と言いたかったが、言えるわけがなかった。緊張するのだってみっともない弱みだ。

動揺しているうちに沖津が笑い声をたてて手を振った。

「ごめんごめん、言わないほうがよかったよね。ただ照れてるだけで、俺にうんざりしてないといいなっていう願望も混じってたから言っちゃったけど、からかうつもりはないんだ。——よかったら、コーヒー飲んでみてよ。好みじゃなかったらほかのを作るよ」

「——、……」

首を横に振りかけ、凜一はおずおずとカップに口をつけた。人前で飲食をするのも苦手なのだが、好みにあっていてもいなくてもかまわない、などと言えば沖津に食い下がられるだけだろう。

一口飲んで「おいしいよ」と言おう、と決心して飲み込み、凜一は目を見張った。

（……おいしい）

ほのかに苦いレモンの香りが、コーヒーによくあう。思ったほど甘くなく、ミルクもかるめでさらりとして飲みやすい。あとに残るのはさっぱりしたコーヒーの苦味だけで、甘いのと苦いのが混じった匂いが喉から鼻に抜けていった。

このコーヒーなら、ミルクを入れなくてもおいしく飲めそうだ。

「どう？　好きじゃなかった？」

不安そうに聞かれてはっと我に返り、凜一は急いで首を横に振り、それから頷いた。

「いや。おいしいよ」

「ほんと？」

「うん……今までフレーバーラテでこんなにおいしいと思ったことない」

「よかった。それ、ミルクなしでも作れるから、今度よかったら試してみて」

本気でほっとしたように沖津はため息をつきながら笑って、眩しげに目を細めた。

「昨日、蘇芳さんが出てきてうちの前に並んでくれたときはさ、すごいラッキー！　って思ったんだよね」

「ラッキー？」

「蘇芳さん、何度か見かけたことはあるんだけど、一度も買いにきてくれないから、コーヒーに興味ないんだろうと思ってて。よけいなものは目に入りませんって感じだし、そういう人にはコーヒーもいらないのかなってちょっと寂しかったのが、来てくれたから嬉しくて」

銀色をしたきつねの耳と尻尾は否応なしに目立つ。知らないところで見られていた、と思うといつものようにきゅっと胃が縮んだが、沖津と視線があうとそれも忘れた。

こまかな星をちりばめたような、よく光る瞳がもの言いたげに凜一を見つめる。表情ではなく、感情まで覗《のぞ》き込むみたいな視線。

「よし飲んでもらえる！　って思ったのに、やっぱりアルファはいやなやつばっかりだって腹が立って、がっかりして。夜になったら妹のせいでめちゃくちゃ焦って、またこいつかって腹立って、そのあと反省して。今日絶対謝ろうって決めて、こうしてコーヒーをおいしいって言ってもらえたらさ、やっぱり昨日はラッキーだったなって、嚙みしめてる」

「――」

なにも言えなかった。

全然違う、と思う。自分と沖津は、なにもかも違う。話すテンポも運動神経がよさそうなところも、笑い方も、喜怒哀楽をはっきり表に出して、あっさり思っていることを言葉にするところも。

凜一なら絶対言えない感情を平気で言ってしまうのに、沖津は少しも弱く見えなかった。それどころか、むしろ強そうだ。凜一よりもよほど凜として、揺るぎない。しなやかで、眩しくて――綺麗だ。

きゅう、と喉が苦しくなった。

それは悲しい落胆に似ていた。体育の授業で周囲に失望されたときや、祖父に叱られている最中に感じる自分への嫌悪にそっくりで、でも少しだけ違う痛みだった。

なんだろう、と戸惑う凜一に、沖津は再びほがらかな笑みを見せた。

「ねえ、妹たちと会うのはなしでもいいから、そのかわり俺とどっか遊びに行かない？　いらないって言われても、やっぱりお礼はしたいんだ」

「……」

声を出せないまま、凜一は首を左右に振るしかなかった。数歩後退って、かろうじて「コーヒーありがとう」とだけ告げて、逃げるように踵を返す。

早足で研究所の建物に入ると、遅れてばくばくと心臓が音をたてた。血が頭にのぼって、頰《ほお》が赤らむ。

とても人に見せられる顔ではなくて、俯いて資料室に逃げ込み、机の上に突っ伏した。

きっと嫉妬だ、とそのときは思った。

沖津みたいな性格に生まれたかったと羨《うらや》ましくて、努力してもあんなふうにはなれないだろうとわかるから、苦しいのだろう。コーヒーはすごくおいしいけれど、二度と近づかなければいい。

そう考えたのに、昼をすぎても、夜になっても、頭からは沖津の顔が離れなかった。低くて快活な声。きらきらしていた眼差《まなざ》し。昨日襟首を摑まれたときの手の大きさまで思い出されて、落ち着かなかった。

どうしてこんなに落ち着かないのかわからず、理由を確かめたくて、凛一は翌日もコーヒーを買いにいった。すすめられたブラックのシトロンコーヒーを頼もう、と決めて向かい、気づいた沖津に「いらっしゃい！」と笑いかけられたら、ぷつっと思考がとまった。

どう会話したのかわからないままコーヒーを受け取って資料室に戻り、自己嫌悪に陥った凛一は、慣れていないからだ、と自分に言い聞かせた。

そもそも、引かれることや怯えられること、嫌われることや呆《あき》れられることはあっても、あんなに好意全開で笑いかけられることに慣れていないから、感覚がバグを起こして痛かったり悲しくなったりするに違いない。

不思議なのは、気後れするし緊張するし、よくわからない痛い感じもするのに、沖津に対しては全然悪い印象がないことだった。いつもだったら、彼のように賑《にぎ》やかで遠慮のないタイプは苦手だし、少しでも苦手なときは避けてしまうのに、沖津のところに行かない、という選択肢はなかった。

沖津からはそのあとも何度か、お礼をしたいから出かけようと誘われたけれど、絶対に落胆されるのがわかっていたから、一度も頷かなかった。それでも毎日通うのはやめられず、なぜだろうと自問自答を繰り返した挙句に、ようやく、友達になりたいのかもしれない、と気づいたのは夏になってからだった。

アイスもおいしいよ、とすすめられて初めて買ったアイスのブレンドを受け取るときに、指が触れた。一秒にも満たない接触だったのに鳥肌が立って、痺《しび》れに似たその感覚はいつまでも消えなかった。沖津の中指が触れた右手は熱っぽく、思い返すと耳まで熱くなって、明日も触れるだろうか、と何度も考えて。

翌日は全然かすりもしなくて、ひどくがっかりした。

がっかりして、愕然《がくぜん》とした。だって、触れたら嬉しいなんて、人生で一度も経験がない。どきどきしたり体温がやたら上がったり、緊張するのに会いたかったり、痛かったり、悲しかったり——入り組んだ感情の答えは、認めたくなくてもひとつしか思いつかなかった。

自分はたぶん、沖津と親しくなりたいのだ。

人生で一度もいたことのない「友達」になりたくて、だからこんなに一喜一憂してしまうのだろう。

友達がほしい、なんていう甘えた願望は、祖父なら許してくれなかっただろうが、重石《おもし》のようにのしかかっていた祖父はもういない。友達をほしがる弱い部分が自分にあることくらい、認めたほうがいい。

数か月かけてやっと受け入れられたその好意を、凜一は大事にしたかった。

だから、見ているだけでよかった。毎日コーヒーを買うときに、少し会話ができれば十分。うっかり誘いに乗って出かけたら沖津に失望されるだろうし、友達になりたいなどと伝えて彼を困らせるのはいやだった。

（兄さんのことがなかったら、ずっと同じ状態が続いて、そのうち沖津くんが違うところにお店を移して、自然と終わってたはずなのにな）

季節はめぐって秋になった。沖津の淹れるコーヒーはどれもおいしくて、ブレンドは一日二回飲みたいくらい好きだけれど、一番思い入れがあるのはシトロンラテだ。

すっかり大好きになってしまった柑橘の香りのラテを一口飲み、凛一は資料室の天井をあおいだ。

今夜、どちらにせよこの関係は終わってしまう。沖津が凛一の頼みを引き受けてくれてもくれなくても、用がすんだあとは「元どおり」はきっと難しいだろう。

今となっては願うことはひとつ。沖津が凛一に悪い印象を抱かずに、疎遠になることだけだった。


夜七時、待ち合わせた沖津は「腹が減ってるから」と主張して、凛一を駅近くの居酒屋に連れていった。凛一が心配したような静かすぎる店でもうるさすぎる店でもなく、ごく落ち着いた雰囲気で、全部の席が個室になっていて、品のいいところだった。

「蘇芳さんて食べられないものはある？　大事な話だったら、アルコールはやめておこうか」

「——好き嫌いもアレルギーもないよ。飲み物は、ウーロン茶でいい」

「なにか食べたいのあったら遠慮しないで教えてね」

メニューをひらいて凜一のほうに見せた沖津はいくつか料理を選んで確認し、凜一が頷くと注文してくれた。

背筋を伸ばして座り、凜一は店員に注文する沖津を眺める。こんなに近いところに沖津がいて、二人きりだなんて変な感じだ。失敗しませんように、と心の中で祈ると、注文を終えた沖津が顔を向けてきた。

「嬉しいなあ、蘇芳さんとごはん」

「……僕は、食事するつもりはなかった」

「うんごめんね、わがまま言って。でもほら、相談ごとならゆっくり話せたほうがいいでしょ？」

自分で聞いても性格が悪そうな台詞《せりふ》にも、沖津は怯えたり怒ったりしない。機嫌のいい表情で凜一を見つめ、それからふっと真顔になった。

「俺で力になれるといいんだけど。蘇芳さん、最近ずっと元気ないよね」

「――え？」

どきっとして身体がこわばった。沖津は凜一の動揺には気づかないのか、あっさりと言った。

「先週からあんまり顔色よくない気がしてたんだ。心配だったんだけど、言うと蘇芳さんがまたいやがるかなと思って、黙ってた。今日はさすがに黙ってられなくて、元気ないねって言っちゃったけど――今も緊張してるみたい。体調は悪くないなら、気にかかることがあるせいだよね。俺に頼みって、それに関係すること？」

じっと見つめられて、凜一はうろたえて視線を逸らした。動揺したと悟られるのも恥ずかしいのに、取り繕う余裕もなかった。

「見てわかるくらいおかしかったなら、忘れてほしい。緊張は——その、恥ずかしい話だけど、してないとは言えない。きみにお願いをするのが、褒められたことじゃないのはわかっているから」

「やだな、そんなにかしこまらないでよ。飲み物きたし、まずリラックスしよう」

「いや、いい」

届けられたウーロン茶も、飲む気にはなれなかった。きっちり膝の上に手を置いて、頭を下げる。

「……沖津くん。短いあいだでいいから、僕と恋人同士になって、結婚したいふりをしてもらえないだろうか」

決心がにぶらないうちに、と一息に言ったものの、顔は上げられなかった。下げたままの頭の向こうで、沖津が困惑するのがわかる。

「待って。ちょっと意味が、よくわかんなかったんだけど」

「僕の架空の婚約者みたいなものだ。結婚を考えている相手がいる、と兄が思ってくれればいいから、実際きみにやってもらうことはほとんどない。写真を一枚撮らせてもらえれば——もちろん用がすんだらその写真は破棄する。謝礼はきちんと払うよ。ふりだけとはいえ嘘《うそ》をつくわけで、しかも相手が僕となったら迷惑に感じると思うから」

「や、待ってってば、蘇芳さん」

「謝礼は、きみが店を開業する資金を援助する、というのでどうだろう。キッチンカーじゃなくて、店舗がかまえられたほうがきみとしてもいいんじゃないか——」

「ストップ！　わかったから、ちょっと待ってよ」

遮るように沖津が声をあげ、凜一は口をつぐんだ。喉がひりひり痛い。こんなに連続してしゃべることなんて、めったにないのだ。そろそろとウーロン茶に手を伸ばし、沖津を窺《うかが》うと、彼は複雑そうだった。呆れ混じりの視線が刺さって、軽蔑されたと思うとせつなかった。

（僕だって、みっともないって思ってるよ）

「いきなりすぎて一個ずつ確認したいことばっかりなんだけど」

「――急なのは自覚してる」

「順番に説明してくれる？　えっとまず、恋人同士はともかく、結婚したいふりって、どうして？」

「それは……」

口をひらきかけると、店員が料理を持ってやってきて、凜一はぎゅっと拳《こぶし》を握った。個室の引き戸が開けられるとほかの席の笑い声が聞こえ、なにをやっているんだろう、と思う。大勢が食事を楽しむ場所で、醜態をさらして頼みごとなんて。

「はい、蘇芳さんもちゃんと食べてね」

届けられた皿を、沖津はテーブルの真ん中に並べた。手際よく小皿にサラダや魚の竜田揚げを取り分け、凜一を見て安心させるように微笑む。

「そんな顔しないで。びっくりしてるけど、相談してくれたのは全然いやじゃない、というかむしろ嬉しいから」

どんな顔をしたのかと焦るより先に、やわらかい笑みにほっと気持ちがゆるんだ。肩からも、銀色のきつね耳からも力が抜けていく。ちらりと耳に視線を投げた沖津は、焼き鳥の串にかぶりついて凜一を促した。

「ここのサラダけっこうおいしいから、食べてみてよ」

「――――うん」

こくん、と素直に頷いてしまって、凜一は箸《はし》を手にした。かりかりの油揚げの載った野菜サラダは柚《ゆ》子《ず》の効いたドレッシングで、たしかにおいしい。

「蘇芳さんてお兄さんいるんだね」

凜一が食べるのを確認して、沖津はのんびり言った。似てる？　と聞かれて、首を横に振る。

「似ていない。兄は、僕よりずっと優秀だから」

「蘇芳さんだって優秀でしょ。あの会社って有名なとこだし、その研究部門なんて、入りたくても入れない人のほうが多い」

「僕は研究しているわけじゃない。自分でもアルファらしくないと思っているくらいで、兄がいらいらするのも当然な不出来なんだ」

「う−ん……まあ、兄弟ってそういうとこ、つい厳しくなったりするもんね」

「僕の場合は本当に不出来だと自覚があるから、それはかまわない……けど、この歳《とし》になっても兄から見ると僕は心配らしくて」

小さい竜田揚げをひとつだけ食べて、凜一は箸を置いた。人前での食事だという以上に、先週からずっと食欲がなかった。顔色を沖津に指摘されるくらいだから、食べたほうがいいのだが。

「……三年前に育ての親だった祖父が亡くなってからは、兄は僕の保護者のつもりだったんだと思う。お互い社会人だからめったに顔をあわせなくなっているけど、連絡があるたびに、心配されてばかりで。だから先週急に電話があったときも、なにかのついでにいろいろ聞かれると思っていた」

でも実際は違った。

兄は、入院することになった、と言ってきたのだ。一度の入院ではすまないらしく、数日から一週間ほどの入院を、何回か繰り返す予定らしかった。

そう言うと、沖津が顔色を変えた。

「それって……すごく重い病気ってこと？」

「兄がどうしても病名を言わないからわからないけど、おそらくは」

凜一も、聞いたときは手足が冷たくなった。

決して仲のいい兄弟ではない。兄は昔から、凜一には呆れてばかりだった。なにごとも人並み以上にこなせる彼から見れば、祖父の期待に応えられない凜一が不思議で仕方ないらしかった。真面目《まじめ》にやればできるだろう、と言われるたびに、凜一は悲しくなった。真面目にやってもできないことがあるなんて、兄は想像もできないのだろう。

そんな兄でも、唯一の肉親で、凜一は彼を嫌いではなかった。彼のようになれたらいいと憧れてもいる、優秀な人なのだ。

彼が病気になるなんて、想像もしていなかった。数回入院する必要があって、兄が連絡をよこすほどなら、もしかして完治の見込みは低いような――先が長くないような病気ではないかと思うと、心臓が痛くなる。

最悪の事態など考えたくないのに、意識のどこかでは考えてしまう。きっと、兄は遠からず亡くなってしまうのだと。

「もう入院してるの？　お見舞いは？」

「最初の入院は今週からだと聞いた。見舞いは――断られた」

「断られたって、兄弟じゃん！」

信じられない、と言いたげに沖津は顔をしかめたが、凜一は首を左右に振るしかなかった。

「おまえが見舞いに来ても役に立つわけじゃない、絶対に来るなと言われてしまった。たぶん、迷惑なんだろう。入院するという話も、病院からの連絡先として僕の電話番号を伝えるから、仕方なくした、という感じだった」

「なんか……すごいお兄さんだね。見舞いって役に立つ立たないとかそういう問題じゃないでしょ」

「僕が落ちこぼれだから、兄としては病気のときに顔を見たくないんじゃないかな」

凛一だって、普通なら見舞いに行くべきだと思う。でも、来るなと言われたら行けない。自分よりずっと優秀な兄に逆らうなんて、人生で一度もしたことがないからだ。

もし重篤な病で先が長くないとしても――よけいに、兄が「やるな」と言うことはできなかった。逆らって怒らせたりして、病床にある兄に負担をかけたくない。

「うちは両親が離婚していて、父が早くに亡くなったから、兄と二人で祖父に育てられたんだ。祖父は昔気質《かたぎ》の厳しい人で、僕は出来が悪いせいで怒られることが多くて――罰を受ける僕を、兄はいつもいやそうな顔で見てた。祖父にも兄にも逆らったことはないけど、迷惑をかけたことしかなくて、ずっと申し訳ないと思っていたから……最後に言いつけを守らないで、不快な思いをさせたくない」

「それで、お見舞いも我慢しちゃうのか……」

沖津はなにか言いたげだった。

「普通の兄弟らしくないのは、僕もわかってる。……でも、僕なりに、兄には恩返しをしたい」

「――うん。気持ちはわかる」

「そのために、きみに結婚の約束をした恋人のふりをしてほしい」

「お兄さんのためってことはわかったけど、なんで結婚相手なの？」

すごい飛躍してるよね、と沖津は首をかしげた。

凛一は一口だけウーロン茶を飲んだ。

「祖父が亡くなってから、兄は以前よりも保護者らしい言動が多くなった。そのころから言われるようになったのが、早く結婚しなさい、だったんだ」

「まあ、結婚しろってうるさく言う親もいるよね」

「僕みたいな人間は結婚すべきだって言うんだ。ひとりでは心配だから、力になってくれたり、支えてくれたりするパートナーを見つけるべきだって。早くに身を固めておけば、祖父だってもう少し安心して死ねたのにと言われて」

「うぅん……いろいろ言いたいことはあるけど、うん。まあ、そういう考え方もあるね」

「兄の命令なら、できれば努力したかったけど、僕は自分が結婚できるとは思えなくて――仕事で成果が出せてからでもいいだろうと考えてた。まだ二十代だから焦る必要はないと思って。でも、急に兄が病気になって、見舞いには来るなと言われて……僕も一回は行かせてほしいと頼んだ。そうしたら言われたんだ」

息を吸って、思い出すだけで寂しくなる兄の言葉を繰り返す。

「『入院中におまえの顔を見るのは絶対にいやだ。どうしてもというなら、退院して自宅にいるときに――そうだな、おまえが結婚相手でも連れてくるというなら、会ってやらないこともない』と」

「……そっか」

すごいお兄さんだなあ、と、沖津はさっきと同じことをため息混じりに繰り返した。

「つまり、お兄さんに会ってもらうために、相手をでっち上げようってことね」

沖津は大きな口を開けて焼き鳥を頬張る。上品とは言えない仕草なのに、下品にも見えない。ちらりと覗いた歯は健康そうで、見とれかけた凜一は慌てて視線を逸らした。

「褒められた行為じゃないのはわかってる」

むしろ卑怯《ひきょう》だと思っていた。二重に卑怯だ。兄に嘘をつくだけでなく、沖津も悪事に巻き込むのだから。

でも、兄の命令に背かず会う方法が、ほかに思いつけなかった。おそらく兄としては、凜一が結婚相手を連れてくるなんてありえないと思っているから言ったのだろうが、ならば結婚したいほど好きな恋人がいると言ったら、少しは凜一に対する評価を変えてくれるかもしれない。

昔ほど出来損ないでも不出来でもなく、成長しているのだと思ってほしかった。もちろん、兄には治ってほしいけれど、遠からず永遠の別れをするような最悪の事態もありえるなら、その前に。

「兄に、ほんの少しでもいいから、安心してほしいんだ」

「気持ちはわかるけど、今からでもちゃんと、本物の結婚相手を探したらいいのに」

沖津はテーブルごしに、案じるような視線を凜一に投げかけた。

「小さいころから厳しいお祖父《じい》さんと優秀なお兄さんに挟まれてたら、そりゃ自信もなくなるだろうけど、蘇芳さんなら結婚できないなんてことはないよ。誤解して敬遠する人がいても、ちゃんと理解してくれて、好きになってくれる人だっているはずだ」

「――でも、時間は、ないと思う」

「だとしても、だからこそ、俺が蘇芳さんのお兄さんだったら、嘘は悲しいな」

どうしようもないほど正論だった。ため息をつきそうになって、凜一は俯いた。

「きみに、迷惑はかけない」

「……蘇芳さん」

「写真を一枚、一緒に撮ってくれるだけでいい。それで店を出す金が手に入るなら、きみにも悪い話じゃないはずだ。迷惑はかけないって約束する」

凜一だって、嘘をつくのがいい方法だとは思わない。だが、正攻法で結婚相手を探しているあいだに、兄と二度と会えなくなるのはいやだ。祖父には最後まで嘆かれてばかりだったから、せめて兄には――ほんのわずかでも、安心してもらいたかった。

「あのね」

沖津は困ったような声を出す。

「それも引っかかってるんだけど。それってさ、嘘の片棒をかつがせるために、俺を金で買うってことだよね」

改めて言われると、ずるさが身に染みた。沖津に対して、ものすごく失礼な行為だ。

「そう……取ってもらってかまわないよ。僕には、ほかにできることがないから」

膝の上の拳を握りしめると、沖津はため息をついて髪をかき上げた。

「俺、店持ちたいとは思ってないんだよね。わざわざキッチンカーにしたのには俺なりに理由があってのことだもん。キッチンカーの数を増やして、切り盛りしてくれる人を雇うのはいいなと思ってるけど」

「……だ、だったら、そのキッチンカーを買う資金用に」

「そういうの全然嬉しくないです」

きっぱり言われて、返す言葉もなく黙り込む。沖津は少し咎《とが》める声色だった。

「だいたい、そんなツーショット写真くらいで、お兄さんが会ってくれたとして、納得してくれると思う？　ただの友達だろうって言われたらどうするの」

「そ……れは、その、こう、いかにも仲むつまじい写真にして……デート先での写真とかも渡せば……そうだ、婚姻届も書くだけ書いて、その写真も撮る。撮ったら破って捨てればいい」

「へえ。俺が引き受けたら、俺と仲よくデートして、密着して写真撮って、婚姻届に名前並べて書いたりするんだ？　なんなら、キスする動画とかも撮る？」

「――」

つう、と汗が流れた。そんなこと絶対させられない。沖津にしてみたらいやに決まっている。

唇を噛むと、自分がかすかに震えているのがわかって、凜一はいっそう握った拳に力を入れた。

「すまなかった。今日のことは忘れてくれるかな。兄が病気だとわかって、恥ずかしいけど僕も動揺してしまったんだと思う」

「お兄さんの病気で動揺するのは恥ずかしいことじゃないけど」

ため息をついて、沖津はテーブルの上で腕を組んだ。

「ねえ蘇芳さん。どうしてそれ、俺に頼もうと思ったの？」

「……それは」

耳が熱くなった。目の奥も鼻の奥も熱い。普段どおりにしたいのに、声が掠れる。

（本当は、ずっと友達になりたかった……なんて、言えるわけない）

「――きみが、僕の一番親しい人間だからだ」

「俺が？　だって、会社の人とかは？」

「職場では個人的な話はしないものだろう。仕事中はひとりだ」

「でも俺、蘇芳さんがコーヒー買いにきてくれたときにちょっと話すだけだよね。あと話したのなんか、結衣美を助けてくれたときくらいで、遊びにいこうって誘っても断られたことしかない」

沖津が不思議そうなのももっともだった。彼の言うとおり、沖津と話した時間なんて、半年分合計してもせいぜい数時間しかない。ほかの客のほうが、凜一よりよっぽど長く彼と話しているはずだ。

それに、沖津ならきっと友人も多い。

人生でひとりも友達がいたことがない凜一とは、感じ方も全然違って当たり前だ。毎日のほんの一、二分を特別に思わなくてもいいくらい、親しい相手がたくさんいるのだろう。

「妹を助けたお礼をしろって言われるならわかるんだけどさ」

「妹さんのことは、本当にたいしたことをしたわけじゃない。それにもう、コーヒーを奢ってもらってるよ」

納得できていない様子の沖津の態度がせつなかった。

（……馬鹿なことをした）

「本当にすまない。忘れてくれると助かる」

立ち上がって帰ろうとすると、沖津が慌てて腰を浮かせた。鞄《かばん》に伸ばした手を摑まれて、びくっと震えてしまった凜一を、沖津は下から覗き込んでくる。

「俺が断ったら、蘇芳さんどうするの？」

「どうするって……」

「べつの誰かに頼む？　お兄さんに会ってもらうの、ほかに方法がないんでしょ？」

「……そうだね。たぶん、誰かに頼むと思う」

兄は頑固だし、凜一の頼みなど聞いてくれる人ではない。病気なのだからと縋《すが》ったところで、折れてくれる気はしなかった。とはいっても、恋人のふりをしてくれ、と頼める相手には、もう心当たりがない。

（……真野さんなら、事情を話せば引き受けてくれるだろうか）

職場で唯一声をかけてくれる男を脳裏に思い浮かべる。弱みを打ち明けるのはつらいが、職場で恥ずかしい思いをするのは、この際我慢すべきかもしれない。

あとひとり聞いてくれそうな人がいる、と言おうとした途端、沖津が大きなため息をついた。

「わかった。じゃあ、俺が引き受けるよ」

「……え？」

ぽかんとして、気の抜けた声が出た。沖津は凜一の腕を引いて、「座って」と促す。

「蘇芳さんの結婚したい相手になればいいんでしょ。やるよ」

「――で、でもさっき」

全然乗り気じゃなかったのに、とまばたきして沖津を見返すと、彼は少し赤くなった。

「だって、ラブラブ写真撮るんだろ？」

「それは……証拠がないと兄も納得しないだろうから……」

「写真撮るには、やっぱデート行ったほうがいいじゃん」

「……ま、まあ……」

「俺はずーっとお礼させてって蘇芳さん誘ってたのに、一度も遊びにいけてないわけ。なのに親しくもない人と蘇芳さんが嘘っこで出かけるの、悔しいから」

悔しい、だろうか。そんなにこだわるようなことでもないし、まるで小さい子供みたいな理屈だ。

困惑して黙った凜一の手を再度引っ張って、沖津はいたずらっぽい笑みを浮かべた。

「さっそく週末出かけようよ。蘇芳さんも早いほうがいいでしょ」

「早い、ほうがありがたいけど……でも」

本当に引き受けてくれるのだろうか、と思いながら、凜一は誘導されるまま、彼の隣に座り直した。

「きみは、いや……なんじゃ、なかった?」

「いやだとは言ってないよ。頼まれたのは嬉しいって言った」

それよりちゃんと食べてね、と沖津は箸を手渡してくる。凜一は沖津を窺いながらサラダを口に入れた。控えめに咀嚼《そしゃく》する凜一を見守って、沖津はきらきらと目を輝かせた。

「そのかわり、条件が一個だけあるんだけど」

「——なに?」

「どうせやるならきっちりやりたいから、蘇芳さんの下の名前教えて。それと、俺のことも下の名前で呼んでね」

「下の、名前?」

「だって恋人で結婚も考えてるのに、苗字《みょうじ》しか呼ばないのは他人行儀でしょ。俺なんか、まだあなたの名前も知らないんだよ? 教えてよ」

すっと手が重ねられ、くらくらと目眩《めまい》がした。乾いてあたたかい、大きな手が、凜一の手を包み込むように重なっている。本当の恋人みたいだ、と思うと泣きそうになって、凜一はぎゅっと目を閉じた。

胸が痛い。悲しい。

(……友達に、なれたらよかったのに)

手を握られただけで喜ぶなんて沖津が知ったら、きっとすごく気持ち悪いに違いない。普通じゃない反応をして取り乱している自分は、どれほどみっともなく見えるか、考えると消えてしまいたくなる。

こんな有様なのだから、兄のことがなくても、絶対に友達にはなれなかっただろう。

でも、ずっと友達になりたかった。もっと長く、毎日言葉をかわせる間柄でいたかった。

迷惑な頼みごとをしてしまった以上、絶対友達になれないのはわかっているけれど。

(やっぱり、沖津くんが好きだ)

「……凜一、です。蘇芳凜一」

「凜一さん。俺の名前は覚えてる?」

「……——吉見、くん」

「あ、嬉しい。よくできました」

倒れそうなほどどきどきしている凜一をよそに、沖津は楽しげだった。じっと見つめてくる視線に見抜かれそうで、凜一はふらつきながら立ち上がった。

「帰る」

「え、まだ食べ終わってないじゃん」

「用がある。……みっともない頼みを、聞いてくれてありがとう」

かろうじて礼を言って、とめようとする手を必死で振り払い、凜一は夢中で逃げた。とてもじゃないけれど、これ以上沖津と一緒にはいられなかった。沖津に優しくされたら、本当は友達になってほしかったんだ、と打ち明けてしまいそうだった。

動悸は、いつまで経っても治まらなかった。

2

もしかして僕も兄のように重篤な病にかかっているのでは、とひそかに悩んだまま、週末がやってきた。

沖津に頼んだ日の醜態については、羞恥をこらえて翌日謝り、食事代を割り勘にしてもらった上で週末の待ち合わせを改めてお願いした。沖津は場所と時間を決めてくれて、凜一は絶対に遅刻しないよう、三時間前に家を出てきた。二時間半前には無事到着し、これなら彼が来るまでに落ち着ける、と思ったのだが。

(なんで……だんだん、また動悸が……)

待ち合わせた十時まではあと十五分。もうすぐ来る、と考えたら、心臓がどきどきしはじめた。

この反応はどう考えてもおかしい。昨晩眠れなかったから、体調に影響が出たのかもしれない。

今日はいつも以上に気を張って、失敗しないよう注意しなければならないのに——動揺したり、みっともないところは見せられない。先日の失態を取り戻せるとは思わないが、恥の上塗りは避けたかった。

なんとか落ち着こうと深呼吸したとき、ぽん、と背中を叩《たた》かれた。

「もう来てたんだ? 早いね」

「……っ」

吸いかけていた空気がつまった気がして、凜一は盛大に噎《む》せた。前のめりになって咳《せ》き込むのを、沖津が慌てて支えてくれる。

「大丈夫? 驚かせちゃってごめん。……ああほら、無理にとめようとするとよけい苦しいよ。ゆっくりでいいから、落ち着いて」

前に回った沖津は抱き寄せるようにして背中を撫《な》でてくれ、凜一は恥ずかしさのあまり倒れたくなった。全身熱くて火が出そうだ。

一分ほどかかってようやく咳《せき》が落ち着くと、もう帰りたい気持ちでいっぱいだった。

「本当に、すまない。恥ずかしいところばかり見せて……」

「べつに恥ずかしくないでしょ。落ち着いたなら行こうか」

安心させるように笑ってみせた沖津が、こっち、と促してくれる。どこに行くんだろう、と緊張しながらついていくと、着いたのはこぢんまりしたカフェだった。

「凜一さん朝ごはん食べないって言ってたから、先に腹ごしらえしよう」

味わいのあるミルク色に塗られたドアを、沖津は慣れた仕草で開ける。こういうおしゃれな感じの店なんて来たことがない凜一は、内心びくびくしながら中に入った。いらっしゃいませ、という静かな声に竦みかけ、目を見張る。

「文鳥だ……」

入ってすぐのレジカウンターの奥にかごが置かれていて、中には文鳥が二羽、止まり木にとまっていた。つぶらな丸い瞳に、きゅっと胸が痛くなる。

「さくらとももっていうんです。うちの看板鳥で」

出てきた青いエプロンの男性が、にこやかに教えてくれた。どうぞ、と案内された窓際の席からは、文鳥の入った鳥かごも見えて、凜一はつい目を向けた。

鳥は好きなのだ。ふんわり丸くて、動きが可愛くて、見ていて飽きない。ひとり暮らしで会社勤めの身では動物などとても飼えないが、野鳥なら毎日見ることができるのもいい。こっそり見ていても誰にも気づかれないのもありがたかった。

可愛いなあ、と思いながら座って、今度は「うっ」と声が出た。広い四人がけのテーブルの上に置かれた一輪挿しが、鳥のかたちだったのだ。

可愛い、という独り言はなんとか飲み込んだが、向かいに座った沖津はあっさり「可愛いね」と声を弾ませた。

「この店、オーナーさんが鳥好きで、鳥好きな人がわざわざ地方からも来るんだって。凜一さんよく鳥を見てるから、ちょっといいかなと思って」

上着を脱ぎながら微笑まれて、凜一はぴたっと動きをとめた。信じられなくて、沖津の顔をまじまじと見つめる。

「……なんで……鳥、……見……」

「なんでって、凜一さんコーヒー買ってくれて、ときどきベンチで飲んでるでしょ？　そういうときいっつも鳥見てるじゃん。興味ない人はあんなに見ないよなと思って」

「……そ、そんなに、いつもは、見てないと、思う」

「え、好きじゃなかった？」

困ったように聞き返されると、「好きじゃない」とも言いづらかった。かといって、好きなんだ、と打ち明けるのも怖い。沖津は黙った凜一を見つめ、ふっと目尻を下げた。

「興味なかったらごめんね。でも俺、わりと好きなんだよね鳥。飛べて気持ちよさそうだし」

「——きみが好きなら、僕は、べつに……」

「このお店も、鳥の雑貨がいろいろあるのに、うるさくなくて洗練された感じだなあと思っててさ。メニューもおいしいってコーヒー友達から聞いてたから、来てみたかったんだ。おすすめはホットサンドだって。どれ食べる？」

なにごともなかったように沖津は店員の男性から渡されたメニューを広げた。

「凜一さんて好き嫌いないんだよね」

「……ない」

「すごいよね。俺はだいぶマシになったけど、子供のころは野菜嫌いだったなー。玉ねぎ駄目でさ、よく給食とかでもよけてた。今は食べられるけど、キユウリはまだちょっといやだもん。……ん、俺はこれにしよう。ハムエッグチーズのホットサンド。サーモンとクリームチーズも捨てがたいけど」

「だったら——僕は、サーモンとクリームチーズにする」

「飲み物はコーヒーでいい？」

頷くと、また沖津が注文してくれる。穏やかな笑みを浮かべた店員が立ち去ると、沖津はすばやく席を移動した。凜一の隣に座り、内緒話をするように顔を寄せてくる。

「さっそく撮ろうよ、写真」

「写真？　ここで？」

まだ心の準備ができていない。逃げかけたが、沖津は自然な動きで凜一の肩を抱き寄せて、スマートフォンをかざした。画面にはこわばった顔の凜一と、楽しげな沖津が映し出されている。

「もっと顔寄せて、凜一さん」

「——っ」

こめかみのあたりがくっついて、咄嗟に目を閉じた。シャッター音が響いて、「あー」と沖津の声がする。

「目閉じちゃった。でも、これはこれでいいかも」

「ま、待って」

急いで目を開けると、沖津は撮れた写真を見せてくれた。ちょっと得意げな笑みを浮かべた沖津の横で、凜一はきつく目を閉じていて、なんだか怯えた顔に見える。きつね耳が斜めに倒れかけているのがまた情けない。

「これは……駄目だ。消して」

「なんで？　いい写真だよ。凜一さんの素っぽい雰囲気出てるし、ちゃんとしたのはまたあとで撮ればいいから。練習だと思ってさ」

「練習……するのは、ありがたい、けど」

でも今の写真はみっともなさすぎる。あんな顔をしているのか、と凜一は頬を押さえた。

（沖津くんの前でこれ以上失敗できないのに……恥ずかしい）

ぐっと唇を噛んで、落ち着け、と自分に言い聞かせる。

今日は最初で最後の、沖津との外出なのだ。恥ずかしいやつだとか、みっともないとか思われたくない。

深呼吸を二回してきつね耳をぴんと立て、背筋も伸ばす。落ち着いて堂々と、と呪文のように心の中で唱えてから、沖津のほうを向いた。

隣に座った沖津は、興味深そうな表情でじっと凜一を見ていた。視線の強さにすぐ負けそうになり、ぐっと腹に力を込める。

「練習で撮った写真は削除してもらえないかな。それと、次は何時何分に写真を撮るとあらかじめ決めておこう」

「決めて撮ったら、凜一さん自然な感じにできなくない？　だいたい、恋人同士が『じゃあ次は十二時に写真を撮ろう』なんて普通はしないよ」

「そ……うかも、しれないけど、僕たちは本当に恋人同士なわけではないんだから」

「なるべく説得力のある写真を撮るには、恋人らしい振る舞いをしないと駄目だと俺は思うなあ。あ、ホットサンド来たよ」

凜一の抗議に沖津はまったく取りあわず、届けられた皿にきらきらした目を向けた。

「やった、おいしそ。ふた切れずつあるから半分こする？」

「――わけるのは、かまわないけど」

わくわくしている沖津の様子に、店員の男性も微笑ましそうだった。凜一は写真が削除された気配のないスマートフォンに目をやって、それから困って沖津を見た。

「あの……席、そっちに戻らなくていいの？」

隣に座った沖津は、全然向かいに戻る気配がない。コーヒーも並べて置いてもらい、いそいそと皿に手を伸ばす。

「だって並んでたほうが分けやすいでしょ。はい、ハムエッグチーズ」

「……ありがとう」

写真、ともう一度言いたかったが、こだわりすぎるのもみっともないだろうか、と思うと口にできなかった。差し出された皿からホットサンドをひとつ取って、かわりに自分の皿を差し出す。

（あ……焼印も鳥だ）

きつね色に焼けたパンに、店の名前と鳥のシルエットが焼きつけられている。たっぷり添えられた人参《にんじん》のサラダも綺麗で、いかにもおいしそうだった。迷ってサーモンのサンドを取り、一口かじる。

「――」

「ん、おいしいね」

横で勢いよくかぶりついた沖津が幸せそうに言って、凜一は黙って頷いた。おいしい。パンはさくさくふわふわだし、具がいっぱい入っているのもいい。少し酸味の強いコーヒーが爽やかで、ホットサンドにぴったりだった。

「……こういうお店って入ったことなかったけど、おいしいものなんだね」

白いカップにも青い鳥のマークがついている。眺めながら呟くと、沖津が微笑んだ。

「凜一さんに気に入ってもらえてよかった。全然好みじゃなかったらどうしようと思ってた」

ほっとしたよ、とおどけたみたいにつけ加えた沖津の、きついくらい整った顔がやわらかく笑っている。凜一は眩しく感じてまばたきした。

沖津でも、「どうしよう」と不安になったり、ほっとしたりするのだ。意外だな、と思いかけて、誰でもそうか、と思い直す。特にさっき、凜一は鳥に興味ない、みたいなことを言ってしまったのだから、失敗したと沖津が感じても無理はない。凜一が同じことをされたら、たぶん三年は何度も思い出して落ち込む。

おいしいホットサンドを一口食べて、凜一はどきどきする胸を押さえた。

「……本当は——鳥は、わりと、……好き、なんだ」

「本当？」

「うん。……コーヒー買ったときも、ときどき見てる」

誰にも打ち明けたことのない秘密を頑張って口にすると、慣れない行為のせいか耳の先まで熱くなった。落ち着きなく尻尾が動いて、横の沖津の顔を窺う。

「でも、誰にも言わないでもらえると、嬉しい」

「もちろん、言わないよ」

へにゃ、と眉も目も下げて優しい顔をした沖津は、そっと凜一のこめかみに触れた。

「俺と、凜一さんの秘密だね」

頰にかかった髪を丁寧に直されて、きゅんと胃のあたりが痛む。意味もなく唇を開け閉めしてしまい、耐えきれなくて凜一は俯いた。

「な、名前……」

「ああ、凜一さんて呼ばれるのいや？　さっきも呼んだし、一個だけ条件だって、約束したじゃない」

「した、けど——兄と祖父くらいにしか、呼ばれたことがないから、変な感じがする」

「じゃあ慣れるようにいっぱい呼ぶね。凜一さんもちゃんと吉見って呼んでね。お兄さんの前で失敗しないように、これも練習しないと」

「う……、わかった……」

べつに、兄の前に沖津を連れていくわけじゃないから、沖津くん、と呼んでも問題はない気がするのだが、反論はできなかった。

沖津に「凜一さん」と呼ばれるのは、ものすごくいたたまれないけれど、いやではない。沖津は恋人らしく、と考えてくれたようだが、凜一からすると友達っぽい感じがして、くすぐったかった。

満足げに凜一を見た沖津は、ひと切れめのホットサンドを片付けると、にこやかに促した。

「じゃあさっそく、吉見くんこのコーヒーもおいしいね、って言ってみて？」

「うぅ……」

そんなこと言えない、と反射的に思い、自分でもよくわからなくなる。べつに普通の台詞だ。特に恥ずかしい要素はない——のに、改めて言おうとすると、なぜか妙に恥ずかしい。

言わずにすませたくてちらりと見れば、沖津はことさらにっこりと微笑んだ。

「言ってみて、凜一さん」

「…………吉見、くん——このコーヒーもおいしいね」

ぎこちなく顔を背けて呟くと、沖津は「上手上手」と褒めてくれる。

「ちょっと声が小さいけど、いい感じ。次は、『でも、吉見くんのコーヒーのほうが好きだな』」

「それは……っ、そんなのは、だ、駄目だと思う」

ぽっ、と顔が火照《ほて》った。慌てて首を左右に振ったが、「どうして？」と沖津は不思議そうだった。

「あ、こっちのコーヒーのほうが好きだったら、吉見くんのコーヒーよりおいしい、でもいいよ」

「や、味は……吉見くんのが、好き、だけど」

「やった、ありがとう。じゃ言えるでしょ、さんはい」

急《せ》かすように背中に手が添えられて、凜一は追い詰められたネズミみたいな気持ちで口を開けた。

「ヨ、ヨシミクンノコーヒーノホウガスキダナ」

「待って待って、さっきより棒読みになってる」

沖津は小さく噴き出して、背中に添えていた手をすべらせた。肩に手を回し、きゅっと抱き寄せてくれる。

「でも嬉しい。毎日おいしいって思いながら飲んでくれてるんだね」

沖津の手はあたたかかった。しっかり摑まれる力強さとぬくもりに目眩がして、同時に全身がふわふわした。

（すごい……仲のいい友達みたいだ）

大学のとき、よくキャンパスでこんなふうに肩を組んでじゃれあう学生を見た。ああいうのはみっともないと自分に言い聞かせつつ、楽しいのかな、と羨ましかったのだが、実際されてみると、まるで天国みたいに気持ちいい。

このまま、離れないでいられたらいいのに。

「――おいしくなかったら、毎日は行かないよ」

俯くと、耳のすぐそばで沖津がかすかに笑うのが聞こえた。

「そうだね」

息が耳の銀色の毛に触れてさわさわした。いい声だ。低すぎずなめらかな、よく通る声。見た目と同じく、つい惹きつけられてしまう磁力があるような。

沖津は抱き寄せる手にかるく力をこめたあと、するりと離れて残りのホットサンドに噛みついた。

「食べたら観覧車乗りにいこう。そこの遊園地にね、今日から特大のクリスマスツリーが設置されてるんだ。観覧車で写真も、クリスマスツリーの前で写真も、わかりやすくデート中に撮りましたって感じでしょ」

「……そうなんだ」

遊園地というと子供の行く場所というイメージだが、恋人同士も行くのかもしれない。自分でロケーションを考えるよりは、慣れていそうな沖津に任せたほうが真実味のある写真が撮れるだろう。

「デート、したことがないから、助かるよ」

人参サラダをフォークで掬《すく》うと、沖津が目を丸くした。

「え、だったら凜一さん、今日が初デートだね」

「……厳密には、これもデートじゃない」

「いや、初デートってことにしておこうよ。そういうつもりで行こ」

妙に真剣な顔をして言った沖津は最後の一口を食べ終えると、コーヒーもぐっと飲み干した。そうして凜一に目を向けて、幸せそうに顔を綻ばせる。

「凜一さんの初デート相手が俺ですごく嬉しい」

ぼうっ、と今度は心臓が燃えた。急激に速くなった鼓動に息が苦しくなって、やっぱり近々病院に行くべきだろうか、と真剣に考える。

兄が重病だというときに、自分まで体調をくずしている場合じゃない。

(せめて、沖津くんの前では具合の悪いそぶりを見せないようにしないと)

せっかくこうしてつきあってくれている上、「嬉しい」とまで言ってくれているのだから、迷惑をかけたりがっかりさせたりしないよう、しっかりしなければ。

ひそかに決心し、自分の皿と沖津の皿を見比べて、凜一は急いでホットサンドを取った。

「待たせてるよね。急いで食べる」

「いいよ、ゆっくり食べて。せっかくのおいしい料理とコーヒーだし、時間が決まってるわけじゃないからさ」

沖津は楽しげにそう言ってくれたが、待たせるのは申し訳ない。できるだけ急いでなんとか食べ終えて、ごちそうさまでした、と挨拶し、凜一は膝の上で手を揃《そろ》えた。横にいる沖津のほうに心持ち身体を向け、頭を下げる。

「あの、残りの時間は、頑張るから。……沖……吉見、くんが、してほしいこととか、僕がやるべきことがあったら、なんでも言って」

「いいのに、そんなに改まらなくて」

沖津はやや苦笑したものの、頷いてくれた。

「じゃ、遠慮なく言うね。凜一さんも、いやだと思ったら遠慮しないで言ってね。——行こうか」

立ち上がった彼に手を差し出され、意味がわからなくて眉を寄せる。

「さっそく、手をつなごうよ」

「手を？　どうして」

「恋人ってよくつないでるでしょ。やっておけば、お兄さんに会ったときに言えるよ、恋人とはいつも手をつないでるんですって」

「なるほど……」

やらなくても、そういう行為が普通だと教えてもらえれば、兄には十分言えるなと思ったが、凜一はおとなしく沖津の手を取った。触れあうとどきどき

してしまう手は、やっぱり心臓が跳ねたけれど、あたたかいのが心地よい。慣れない感触は緊張するのと同時に、ひどく新鮮だった。

ほかの人と手をつなぐ機会はこの先一生ない気がするから、これが最初で最後だろう。そう思えば、よかった、と思えた。

沖津に頼んでよかった。こんなに本格的に恋人の真似《まね》をしてくれたり、いろいろ考えてくれたり、沖津は本当に親切だ。

友達になれなかったのは残念だけれど、お礼は予定の二倍払おう、と決心して、凜一はそうっと沖津の指を握った。


観覧車に乗って、巨大なクリスマスツリーの前で写真を撮ったあとは、遊園地の中のショップでマグカップをひとつずつ買った。葉っぱの模様の入ったマグカップは凜一のが緑で、沖津は青の色違いにした。色違いのお揃いは恋人なら定番だ、と言われたからだ。

それから沖津が行ってみたかったという店でコーヒーをテイクアウトし、広い公園を散歩した。沖津は両親や妹との心あたたまるエピソードをいろいろと話してくれて、聞いていると凜一まで幸せな気分になれた。沖津の父は食べることが趣味で、コーヒーも好きなのだそうだ。休日の朝はよく父がコーヒーを淹れてくれて、子供用はカフェオレにしてくれ、家族揃って飲んだと聞くと、まだ子供の沖津と仲のいい家族が目に浮かぶようだった。

日向《ひなた》ぼっこしている猫を上手にあやす沖津に、動物にも優しいんだなと感心しつつ猫と一緒の写真も撮り、のんびりすごしたあとは、沖津の妹へのプレゼント選びにつきあい、人気のデートスポットだというイルミネーションの綺麗な場所にも連れていってもらった。

秋の夕暮れは早い。藍色に暮れた空の下、華やかな金色のイルミネーションはたしかに美しくて、写真に撮ってもきらきらと輝いて見えた。凛一の顔は相変わらずこわばった無表情だが、明るい沖津の笑みと背景のおかげで、今日一番恋人っぽい写真に見えた。

「ありがとう。これなら兄も恋人だと思ってくれそうだ」

ほっとしてスマートフォンから顔を上げると、沖津も「よかった」と喜んでくれた。

「いい写真も撮れたことだし、そろそろ帰ろうか」

そう切り出されると、ちくっと胸が痛んだ。終わりだ、と寂しく思う。でももう、日も暮れたのだから、終わりにしなければ。

「今日は本当に助かったよ。お礼は後日でもいいかな」

初めてのことしかなくて戸惑ってばかりだったが、沖津は一度も凛一に呆れた様子を見せなかった。内心はわからないが、その気遣いもありがたくて、凛一は深々と頭を下げた。

「お礼は予定の三倍は払う。こんなによくしてもらえるなんて、思ってなかった。……駅はあっちだったよね」

「駅の方角はあってるけど、お礼は三倍もいらないし、駄目だよまだ」

沖津はかるくため息をついて、凛一の手を握った。

「帰ろうかとは言ったけど、帰すとは言ってないでしょ」

「……？」

どう違うんだろう。つながれた手と沖津の顔を見比べると、沖津は駅に向かって歩き出した。

「帰るのは俺の家にだよ。写真、家でも撮らないと。恋人なのに、相手の家に行ったこともなかったら変でしょう」

「でも、もう夜だ」

「夜でも、恋人なら行くよ。それとも凜一さん、このあと予定ある？」

「ない、けど……」

吹きつけてくる風が冷たい。暗いのは日が落ちるのが早くなったせいとはいえ、時刻はすでに六時すぎだ。朝十時からだから、もう八時間も沖津と一緒にいることになる。そのわりに、凜一は珍しく疲れを感じていなかった。普段なら、八時間も外出したらたとえひとりでもぐったりしてしまう。

それが今日に限って平気なのは、気が高ぶっているのかもしれない。あるいは、一日きりの友達ごっこだから、名残惜しさが勝っているのか。

でも沖津のほうは、きっと疲れているはずだ。

「……疲れてない？」

控えめに見上げると、沖津が斜めに見下ろした。

「凜一さん疲れた？　じゃあうちに着いたら、ゆっくりしていいよ。パスタとかでよければ俺が作るから、食べていって」

「そ、そんなことまでしてもらえない」

びっくりして首を振ると、沖津は寂しそうな表情になって覗き込むように見つめてくる。

「俺の手料理はやだ？」

「いやじゃなくて……だって、きみが大変じゃないか。申し訳ないよ」

「俺は凛一さんに来てほしいなあ。渡したいもののもあるし」

「……渡したいもの？」

「来てくれたらあげる。絶対いやじゃなかったら、来てよ」

「……う」

いやではない。なにか失態をおかしそうなのが不安だが、まだ沖津といられるのは嬉しい、気がする。日を改めて来週とかにしてもらえば、もう一度友達気分が味わえるなと思わないでもないけれど。

（……何回も手間をかけさせるわけにはいかないか）

「わかった。行くよ。……お邪魔します」

「よかった、ありがと」

へにゃ、と沖津は笑って凛一の手を握り直した。握手するみたいなつなぎ方から、指のあいだに指を入れるつなぎ方になって、じわっと胸の奥が熱くなる。視線を向けると、沖津の長い指が自分の手の甲を這《は》っていて、手も綺麗なんだな、とどきどきした。

「このつなぎ方やだ？」

視線に気づいた沖津がつないだ手を持ち上げる。にぎにぎ、とされて今度はかるい痛みを胸に覚えながら、凛一は小さな声を出した。

「いやじゃなくて……沖津くんて手も綺麗だなと思って。大きいし、男らしくて」

「——凛一さんに言われると恥ずかしいな」

「恥ずかしいって、きみが？」

意外に思って見れば、沖津の顔はほんのり赤かった。だって、と横目で拗《す》ねたように睨まれる。

「手を褒めるのは、わりと口説き文句でしょ」

「……そうなのか。それは——ごめん」

全然、そんなつもりはなかった。ただ本当に綺麗だと思っただけだ。

「そこで謝られるのも傷つくけど、まあそうだよね。他意はないんだろうなと思ってた」

かるく笑って、でも嬉しい、と沖津は言い直した。

「『手も綺麗』って言ってくれたから、ほかにも俺のこと気に入ってくれてる部分があるってことだよね。どこが好き?」

改札を通り抜けてもう一度手をつないだ沖津は、目を輝かせて顔を近づけてくる。見目のいい彼に惹かれたのか、追い越した女性が振り返って見て、凛一は羞恥で俯いた。

「どこって……きみは、一般的に見てかっこいい部類だから。ほんとに、他意はない」

「えー、そんな答えじゃいやだなあ。一個くらい手以外に好きなとこない?」

食い下がる沖津はいたずらっぽい笑みを浮かべて、凛一の耳に唇を寄せた。

「教えてくれたら、沖津くんって呼び間違えたの許してあげる」

「――――そんな」

一回くらい、慣れていないんだから仕方ない、と言い訳したくて、凛一は唇を噛んだ。たしかにちゃんと名前で呼ばなかったのはミスだ。ミスの言い訳は一番みっともないから、すべきではない。でも、沖津の好きなところを打ち明けるなんて。

(恥ずかしすぎる)

普段だったら、絶対に言えないことだった。今日は沖津に情けないところばかり見せているし、鳥が好きだとも打ち明けてしまったし、これ以上恥ずかしいところを知られたくない。

そう思いながら、目を閉じた。

「――いつも、目が綺麗だなと、思ってる。笑うのも上手だし、声も素敵で……きみは、綺麗なところしかない」

ぴく、とつないだ手がこわばるのがわかった。

「……あー」

「な、なに？」

なんとも言えない複雑な声に怯えて窺うと、沖津は上を向いていた。

「今のすごい、やばい」

「……ごめん、忘れて。言うべきじゃなかった」

「いやいや、忘れられないでしょ」

そんなに気持ち悪かっただろうか、と凜一は悲しくなったが、ため息をひとつついてこちらを見た沖津は、優しい目をしていた。

「忘れたらもったいないもん」

「……もったいない？」

「だってそんな褒め方されたら、誰だって嬉しいよ」

「——褒めたというか……僕がそう思うというだけだけど」

「それが嬉しいんじゃん」

にこっと言葉どおり嬉しそうに笑った沖津は、電車に乗り込むと守るように凜一の背中に手を回してくれた。混みあった車内では言葉はかわさなかったが、ずっと機嫌がよさそうで、凜一もほっとした。気持ち悪いと思われたり、そんなところが好きなのかと呆れられたりしなくてよかった。

沖津の住まいは凜一の職場と最寄《もよ》り駅が同じだった。駅の反対側の住宅街の一角、落ち着いた外見のマンションの二階で、部屋は綺麗に片付いている。

1Kの間取りで部屋は広く、テレビが置いてあるのも新鮮だ。凜一の自宅にはテレビがない。

「適当に座っててね。飯作っちゃうから。先になにか飲む？　コーヒー淹れてもいいし、ビールもあるよ」

「飲み物はいらない」

広い部屋は食事用らしい小ぶりなダイニングテーブルのゾーンと、テレビに向かって置かれたソファーとローテーブルのゾーン、ベッドの置かれた一角とに分けてある。座ってと言われてもどこに座ればいいかわからなくて、凜一はおそるおそるキッチンに近づいた。

「こういう場合は、手伝ったほうが、いいかな?」

「ありがと! じゃ、フライパン出してくれる?」

手伝いを申し出たものの、料理はしたことがない。ちゃんとできるか心配だったが、沖津は手際がよくて、やることはほとんどなかった。冷蔵庫から材料を出した沖津は、パスタを茹《ゆ》でるかたわら、シーフードを炒《いた》めてバジルソースを加え、それでパスタをあえたらもう出来上がりだった。

「うちは両親とも料理が好きでさ。食べ物の好き嫌いがほとんどなくなったのは両親のおかげだと思うよ。今でもよくこういうバジルソースとか、トマトソースとか送ってくれるの。俺も作ったり食べたり好きなんだけど、ひとりでイチから作るのって効率悪かったりするから、ありがたいなーと思うよね」

「……きみは、家族と仲がいいんだね」

「俺的には普通なんだけど、よく言われる。妹は可愛いし、両親は好きなんだよね。今度よかったら凜一さんも実家行く? 親父が蕎麦《そば》に凝ってて、なんでおじさんて蕎麦にはまるんだろうって思ってんだけどさ、これがうまいの。カレーが昔から得意料理だから、カレー南蛮とか作ってくれて、もう外でカレー南蛮食べられないってくらいおいしいんだよ」

話しながらサラダも作ってくれた沖津は、終わるとぽんと凜一の背中を叩いた。

「はい、今度こそ座ってね。そっちの椅子《いす》でいい？」

「僕は、どこでもかまわない」

「ビール、凜一さんも飲む？　このパスタ、けっこうビールがあうんだよ」

「……じゃあ、少しだけ」

好きだと思ったことはないが、酒が飲めないわけではない。あうと言われたら飲んでみたい気がして、凜一は頷いた。

座った凜一の前に皿を並べてくれた沖津は、ビールも出してきて、グラスに注《つ》ぎ分ける。向かいあわせに座って乾杯し、口をつけると、久しぶりのアルコールが喉に染みた。冷たさと泡が気持ちいい。続けてパスタを食べたら、沖津の言うとおりすごくおいしかった。

「木の実が入ってる……」

「これ胡桃《くるみ》なんだ。本当は松の実で作るんだけど、胡桃もおいしいよね」

「うん、おいしい」

普段は出来合いのものを買ってばかりだから、画一的でない味付けの出来立ての料理が新鮮だった。強めの塩気がビールによくあう。ホタテを口に入れたらそれもおいしくて、「すごいね」とため息が出た。

「沖津くん、料理も得意なのか……」

「得意ってほどじゃないけど、好きだから喜んでもらえると嬉しいな。このバジルソースは母親作だから、伝えておく」

沖津は微笑ましげに目を細めた。じっと見つめられても、今日一日一緒にいたせいか、緊張はしない。サラダとパスタ、ビール、と続けて口に運ぶと、心なしか身体がふわふわした。

酔った、というより、力が抜けたみたいな感じ。

「凜一さん、ビールもう少し飲める？」

「……ん、もうちょっとだけ」

おいしい料理は、緊張をほどく効果があるのかもしれない。

（沖津くんのコーヒーも、飲むといつもじんわり染み渡る感じがするから、彼の作るのが特別なのかな）

初めて他人の部屋に上がり込んでいるというのに、いつになくリラックスした気分だ。

「こんなにおいしいのが作れるなら、僕も自炊するのに」

「凜一さんは作らないんだ？」

「……やったことない」

「そういう人も多いよね。うちなら凜一さんの職場から近いし、帰りに寄ってくれれば作ってあげるよ」

ビールを飲み干した沖津はこともなげに言って、凜一はびっくりして首を振った。

「きみだって仕事のあとで疲れてるのに、そんなことしてもらえない」

「平気だよ。凜一さんがいなくても自分の分は作るから、手間が増えるわけじゃない」

「でも、それじゃ」

まるですごく仲のいい友達みたいだ。そう言えなくてビールに逃げると、沖津は首をかしげた。

「それじゃ、なに？」

ほんのり笑みをたたえた眼差しがくすぐったい。凜一は数秒抗《あらが》って、結局視線を逸らした。

「と、友達みたいだなって」

「友達じゃ駄目なの？」

「……駄目、じゃ、ないけど」

「俺はどっちかというと恋人みたいだなーって思いながら提案したのにな」

片手で頬杖《ほおづえ》をついた沖津は意味深に笑いかけてく

る。

「だって、俺と凜一さんは、結婚したいくらい好き同士の恋人でしょ？」

「……っ」

凜一の頼みどおりの役どころで言ってくれた台詞に、きゅうう、と胸が痛んだ。わずかに遅れて心臓がどきどきしはじめ、こめかみが熱くなってくる。どれもいやな感覚ではなく——強いて言うなら、「嬉しい」に近い気持ちだった。

痛いくらい嬉しい。

（なんでだろう……友達になりたかったのに、恋人って言われて、嬉しいなんて）

不器用な自分は、感情もうまく整理できないのかもしれない。気をつけなければ、と自分を諫《いさ》めて、凜一は頭を下げた。

「ありがとう。そんなふうに言ってもらえるなんて、嬉しい。本当に写真だけでよかったのに、デートの真似までしてくれた」

「……それって、恋人だといやってこと？」

なぜか沖津は寂しそうに表情をくもらせた。堂に入った演技だと感心しつつ、凜一はできるだけ毅然と見えるように願って背筋を伸ばした。

「今は僕と二人きりなんだし、無理してくれなくていい。この先もきみに迷惑をかけるつもりはないよ。今日だけで十分だ」

「一緒に晩飯食べてくれるのは、迷惑じゃなくて俺がしてほしいことだよ。凜一さんには迷惑？」

「……いや、僕のほうは、迷惑だなんてとんでもない。そうできたら、きっとすごく、嬉しいと思う、けど」

「じゃ、一回お試ししてみようよ。来週どこかでさ。何曜日がいい？」

沖津は真剣な顔をして食い下がり、凜一はまだどきどきする胸を押さえた。

「……す、水曜日？」

「よし、水曜ね！　ありがと凜一さん。食べたいものあったらリクエストしてね」

ぱあっと笑顔になって、沖津はパスタを頬張った。お礼を言うなら僕のほうだ、と凜一は不思議な気分だった。沖津は優しすぎる。

好きだな、と改めて思う。諦めたつもりだったけれど、できたら友達になりたい。こんな頼みごとをしておいて、図々《ずうずう》しいのはわかっているけれど。

兄に会えたら、お礼を渡して頼んでみようか。友達になってください、と頭を下げたら、沖津ならなってくれるかもしれない。

（――でも、浮かれてる場合じゃないな。まずは兄さんの容体に注意しなきゃいけないし……）


一日中目まぐるしくて意識が向かなかったが、これは全部兄のためなのだ。兄が少しは安心してくれるといいけれど、と考えて、ため息が出そうになった。

沖津のおかげで会う口実はできたし、凜一が結婚相手を見つけたと知れば兄も驚くだろうが、それだけで完全に見直してくれる、ということはたぶんない。弟はもう心配ないと思ってもらうには、もっと材料がほしいところだった。仕事でも成果を出せている、と言えるのが一番だけれど、相変わらずの状況だ。膨大な資料の確認はまだ半分も終わっておらず、資料室は全然片付いていない。

（見舞いにも、行かせてもらいたいし）

兄と自分には、あとどれくらい時間が残っているのだろう。入院で少しでも持ち直すとか、よくなる病気とかならいいのだが。

「凜一さん、大丈夫？」

声がかかって、凜一ははっと顔を上げた。沖津は自分の額に触れてみせた。

「眉間にちょっと皺《しわ》が寄ってたけど、俺が図々しいから怒ってる？」

「いや……兄のことを、考えていて」

気づけば沖津はもう食べ終わっている。凜一は急いで残りのパスタをフォークに巻きつけた。

「きみにこんなによくしてもらったのに、兄が相手にしてくれなかったらどうしようと思って」

「お兄さん、性格的に厳しそうだもんね」

「……それに、治るかどうかもわからないから、残りの時間が少なかったら、と思うと――」

「大丈夫だよ。治療、きっとうまくいくよ」

沖津は立ち上がると、壁際のラックにかかった鞄からなにか取り出して持ってくる。差し出されたのは一枚の紙だった。

「凜一さんが婚姻届って言ってたから、一応用意しといたんだ」

「……わざわざ？」

見たことのない書式のその書類の上のほうには、たしかに「婚姻届」と印刷されている。名前欄のひとつには沖津吉見、とすでに記入されていて、沖津が指差して教えてくれた。

「こっちが凜一さんの名前書くところね。こっち側の証人は、ひとりは俺の母親にしておいた」

「ま、まさかお母様まで巻き込んで、」

「さすがにそれはしてない。俺が筆跡真似して書いただけだけど、もうひとつの証人欄はさ、お兄さんに記入してほしいって言ったほうが、説得力あると思って」

「――沖津くん……」

不覚にも、目の縁が潤んだ。尻尾が膨らむくらい胸が痛い。

同じように頼んでも、誰でも沖津のようにしてくれるわけではないはずだ。そもそも、そんなことしたくない、と断られるのが普通だろう。沖津でさえ最初は引き受けたくなさそうだったのに、協力すると言ってくれて、丸一日つきあった上に、婚姻届まで用意してくれた。

嘘をつくのはいやそうだったのに。

気分のいい頼み方だってできなかったのに。

たった一度、オメガの妹を助けたというだけで、こんなにいろいろしてもらえるとは思わなかった。

沖津にとっては、相手が誰でもこれくらいのことはするのかもしれない。でも、他人と深く関わったことのない凜一にとっては、生まれて初めて受ける親切だった。

「本当に、ありがとう。なんとお礼を言えばいいか、わからないくらい感謝してる」

「やだな、そんなに言われるほどのことはしてないよ」

「いや、礼を言うのでは足りないと思う。謝礼を払っても足りないくらいだ……僕は落ちこぼれのアルファだし、今日一日できみにもわかったとおり、みっともない人間だけど、僕にできることがあればなんでも言ってほしい。きみみたいには役に立てなくても、なんでもする」

横に立った沖津を見上げると、彼は驚いたように目を丸くした。

「凜一さん!?　大丈夫？」

「？　僕は、なんともないけど」

やたら目が熱くて息が苦しいが、言って心配をかけるつもりはなかった。沖津は眉根を寄せ、そっと頬に触れてきた。

「でも、泣いてる」

「――泣いてる？」

誰が、と思うのと同時に、目尻を優しく拭われた。すうっと濡れた感触がして、凛一は何度もまばたく。目縁《まぶち》にかゆいような違和感があって、まつ毛まで濡れていた。数秒考えて涙のせいだとようやく気づき、凛一は慌てて目元をこすった。

「す、すまない……情けないところを見せて」

「全然情けなくないよ。泣くほど喜んでくれるなんて、俺のほうが嬉しい」

沖津は立ったまま、かがむようにして凛一を抱きしめてくる。大きくてあたたかな手が、凛一の頭を包み込んだ。

「凛一さんて、俺が思ってたのよりずっと、やわらかい人だね」

「やわらかい……？」

しっかりしていない、情けないという意味だろうか。沖津は答えるかわりに、髪を撫でてくる。

「ゆっくり泣いて」

甘やかす声と慈しむように撫でてくれる手に、ほろほろとまた涙が零《こぼ》れてしまう。嗚咽《おえつ》を無理に飲み込むと、「我慢しなくていいよ」と耳元で囁《ささや》かれた。耳から染み透る声の心地よさに、凛一は身体から力を抜いた。

ほっとゆるんでしまった気配を察したのか、沖津はぽんぽんと頭を撫でる。

「こうやって凛一さんが俺にいろんな顔を見せてくれるのは嬉しいんだけど」

「す……すまない」

「謝らないで。でも、なんでもするなんて軽々しく言っちゃ駄目だからね」

「それは——かるい気持ちで言ったわけじゃない。本当に、今までこんなに親切にしてもらったことがないから」

「たいしたことはしてないよ。でも——そうだなあ、もし今まで周りの人に敬遠されてたなら、たぶん凜一さんのほうが身構えてて、手助けを拒んでる感じがしちゃったのかもね。ほら、凜一さんてあんまり顔に感情が出ないから」

穏やかに低い声が身体の中まで響くようだった。凜一を傷つけないように言葉を選んでくれているのがわかる。こういうところも好きだ、と思うとまた涙が滲《にじ》んで、ため息が出た。泣いたせいか、胸がひどく苦しい。こめかみあたりに熱がわだかまり、凜一は掠れた声で謝った。

「ごめん……表情を、動かすのが苦手なんだ」

「そっか。昔から苦手？」

「……祖父が、感情を知られたら弱みになると言って。笑うのも駄目だし、泣くのも駄目だった。それで我慢する癖がついて——そのままなんだ」

これ以上恥を重ねてどうするんだ、と理性では思う。でも、言わずにはいられなかった。涙につられて溢《あふ》れるように、声が喉から押し出されていく。

「できるだけ毅然としていようと心がけているだけなんだけど、それが周囲にはいやな感じを与えるのもわかってる。だから、嫌われるのは仕方ないんだ。……きみだって、親切にしてくれる理由はないのに……や、優しくしてくれた。僕も、お返しをするべきだと思う」

「ありがと。でも俺の場合は、先に俺のほうが失礼だったからね。それに、凜一さんて俺にはあんまり壁がない気がするんだよ」

沖津は落ち着かせるためか、凜一の背中を撫でてくる。

「綺麗だし無表情だし、近寄りがたいけど、毎日来てくれるしね。なんとなく拒絶されてない気がするから、俺だって声かけられたんだよ」

「……それは、だって」

きみのほうが気さくに声をかけてくれるせいだ、と言いそうになって、唇を噛んだ。沖津の言うとおりだ。沖津はなんだか特別なのだ。生まれて初めて友達になりたいと思った相手で、こんなに好意を持てた人はいない。その好意が知らず知らず漏れていたと思えば恥ずかしい。

俯くと、沖津の手が顎《あご》にかかった。

「だって？」

上を向かされ、輝きを宿した目に見つめられる。

「だって、の続きは？　俺のこと、どう思ってる？」

「……っ」

言えるはずもなかった。人生で一番、好きな人だなんて。沖津みたいになりたいくらいで、友達になりたいだなんて、鬱陶《うっとう》しく思われて当然だ。

さあっと顔が赤くなっていくのがわかり、凜一は動揺した。どうしよう。これでは、ばれてしまう。

慌てて顔を背けようとして、沖津に阻まれ、凜一は困って彼を見返した。恥ずかしくて、目尻からまた涙が伝う。みっともない、こんなのは駄目だと思うのに、どうにもできなかった。

沖津は目を細めてふっと顔を近づけた。

頬になにかあたたかいものが触れてくる。知らない、やわらかくて弾力のある不思議な感触だった。それが目尻にも押し当てられて、残った涙を吸い取っていく。

初めての心地よい感覚に、ぼうっと気が遠くなった。

感じていた申し訳なさも羞恥も霧散してしまうくらい、すごく気持ちがいい。

静かに離れていくと名残惜しいほどで、もう一度まばたきした。

至近距離にある濃い色をした沖津の目が、怖いくらいまっすぐに見つめてくる。凜一はどうしてか声を出せずに、ただ見返した。

どれくらいそうしていただろう。空気の密度が増したみたいにゆっくりと、沖津が再び顔を寄せた。薄くひらいた唇が凜一の唇に重なって、ああさっき触れたのも唇なんだ、と理解できると、頭の芯が痺れた。

――痛い。

目の奥でこまかな光が舞い踊って、喉も胸も苦しい。

なのに、一生こうしていたかった。ずっと触れていてほしい。指よりも熱を伝える唇で、触れてもらえるのがこの上なく嬉しい。

(……どうして)

また泣いてしまいそうなくらい嬉しいのは、なぜなのだろう。

ほんのかるく唇を吸って、沖津はキスをやめた。長い指が凜一の後頭部を撫でる。

「立てる?」

「……たぶん」

半分以上ぼんやりしたまま立ち上がって、よろけて沖津の腕に摑まった。支えてくれた沖津は髪に口づけて、部屋の奥へと凜一を連れていく。向かう先はベッドで、それがなにを意味するのか、凜一にも明らかだった。

優しく押されて膝からくずれるようにベッドに上がった凜一を沖津は抱きすくめ、危なげなく横たえた。真上から見下ろす彼の顔が見たことのない表情で、凜一はごくりと喉を鳴らした。

半分くらい怖い。けれどそれと同じくらい、現実感がなかった。だって。

「——キスは、恋人同士がすること、だよね」

沖津がキスしてくれる理由がわからない。それに、キスしてもらうのが、痛いくらい嬉しい理由もわからない。

沖津とは友達になりたかったはずだ。友達はキスしない。デートの真似ごとなんかしたせいで、混線してしまったのかもしれない。たった半日で自分の感情もよくわからなくなるなんて、ポンコツすぎて恥ずかしい。沖津にだって申し訳ない。けれど。

じっと見下ろしたまま片時も視線を逸らさない沖津の下にいると、もう一度キスしてもらえる予感で胸が高鳴る。


しっとり色気をまとった表情で、沖津は微笑む。

「そうだね。恋人同士がすることだよね」

「——、ん」

体重がかかった直後に唇が重なって、ゆるやかな目眩がした。手足が重い。背中から、どこか深い場所に沈んでいく気がする。

「今日一日デートして、凜一さん見てて」

窺うように唇を吸い、沖津が囁いた。

「慣れてなさそうだからゆっくりしなきゃって思ってたけど……ちょっと我慢できそうにない。凜一さん、いやじゃない？」

ほんの少し考えて、凜一は首を横に振った。全然いやじゃない。どきどきして怖くて緊張もしているけれど、やめられるほうがずっといやだった。今終わってしまったら、きっと二度と立ち直れないくらい悲しい。

「キスして、触るけど」

沖津は凜一の髪に指を差し込んで梳《す》き、淡い強さで耳に触れた。銀色をしたきつねの耳を、根元から先端に向けて撫でつける。

「いやだと思ったらすぐに言って。——いやじゃなかったら、名前を呼んで」

声は甘い色を含んでいた。耳が溶けたみたいに感じて、凜一はほとんど反射的に頷いた。

「わかった……沖津くん」

「吉見」

「……吉見、くん」

なめらかな毛で覆われた耳の表面を撫でられると、背中がさわさわした。和毛《にこげ》の生えた耳の付け根は、少しくすぐったい。数回指先で探られて、耐えきれずふっと息が零れた。

落ち着かない感じがするのは、誰にも触られたことのない場所だからだろうか。やんわり揉《も》むように触れた沖津は、鼻先にキスしてくれる。

「耳、やだ？」

「……んん。よ……吉見くん」

首を振ってから、いやじゃなかったら名前を呼ぶのだったと思い出して、呼んでみる。沖津はかるく目を細めて、再び唇を塞《ふさ》いだ。

「——、……っん、……っ」

さっきみたいに優しく吸われると思ったのに、ぬるりと熱い舌が割り込んで、ひくんと身体が揺れた。抵抗する術もなくひらいた歯列の奥まで、沖津は舌を入れてくる。舌と舌が触れあうと痺れたように感じ、凜一はぎゅっと目を閉じた。

ちゅ、くちゅ、と音をさせてかき回される。初めて聞くいやらしい音に顔が火照る。尖らせた舌先が上顎に触れるとじぃんと不思議な感覚が生まれ、口が勝手にひらいた。

まるでもっとして、と言いたげに力が抜けた凜一の口を、沖津は丁寧に舐《な》め回した。じゅっと音をたてて舌を吸い出したかと思えば、ごく優しく唇を嚙んで、凜一が息をつくとまた塞ぎ、口蓋をちろちろと愛撫《あいぶ》する。いくらもしないうちに溢れた唾液が口の端を汚し、いたたまれなさで凜一は身じろぎした。

キスがやっと終わると、はあはあと自分の呼吸がうるさくて、それも恥ずかしい。全身が熱くなっていて、服ごしに沖津と触れあったあちこちがむずむずした。キスされたのは唇なのに、指先まで痺れて力が入らない。

「気持ちよかったんだ？」

じいっと見つめてくる沖津の声は笑みが混じっていた。濡れた唇の端を指で拭われ、凜一はふるりと震えた。

「わ……わからない」

「そう？　気持ちよかったんじゃないかな」

わかっている、と言いたげな口ぶりで言って、沖津は身体をずらす。大きな手が股間を包み込み、凜一はぎくりとこわばった。

「──！」

信じられなかった。優しく撫でられたそこは、はっきりかたちを変えていた。普段は朝しかこんな状態にはならないのに、沖津の手の熱を感じると、またむくりと起き上がる。

「ここ、キスしてたらどんどん大きくなってた」

「っ……な、なんで、僕……」

呆然《ぼうぜん》として凜一は身体を起こした。ふわふわと夢見るようだった心地が一気に引いていく。

なにかの間違いじゃないか、と思いたくても、沖津の手の下から現れた股間は、見てわかるくらい張りつめていた。

「ごめん……っ、こ、こんな」

「どうして謝るの。俺は嬉しいよ。キスがいやじゃなくて、気持ちよかったってことだから」

沖津は機嫌のよさそうな表情で凜一のシャツのボタンを外しはじめた。

「リラックスしてて」

「でも、……ぅ、んっ」

こんな醜態をさらしたくない。キスだけで勃起するなんておかしいし、いやらしい。もう逃げ帰りたい。せめてトイレに行っておさまるまでひとりになりたい――と言いかけてキスされ、凜一はどうしたらいいかわからなくなった。

ベッドに来たということは性的な行為をするのだとちゃんと理解していたのに、さっきはなぜ平気だったのか。あまつさえこれで終わったらいやだなんて、一瞬でも思ったのが信じられなかった。

「ぅ……んっ、……んぅ、……ん……っ」

ごめんやっぱり無理だ、と言いたかったのに、唇を舌で割られると力が抜けた。甘やかにかき回されて、意識がとろけていく。

「ほら、気持ちいいでしょ？」

舌を吸い、優しく耳を撫でながら、沖津は噛んで含めるようにゆっくり言った。

「キスして気持ちよくなってもらえて嬉しいから、そんなに怖がらないで」

「……でも、……ぁ、ん、ふ、んんっ」

「キスもいや？」

「――いや、じゃ、ない、けど」

「じゃあ、もっとしようね」

とろけるような声で囁かれ、耳にもキスされると、そこがふにゃっと寝てしまうのがわかった。

――こんなの、とても太刀打ちできない。

沖津はキスを繰り返し、ときどき舌を吸ったり上顎を愛撫したりして凜一をおとなしくさせながら、シャツを腕から抜き取った。半分裸にされてもこわばらないのを確認し、チノパンのファスナーを下ろした彼は、脱がせようと手をかけたところで凜一の顔を見、安心させるように微笑んだ。

「大丈夫だよ。いやになったらいつでもやめるし、怖いことはしないから」

「……ほ、ほんとに？」

「うん。恋人ならみんなすることだもん」

だが、自分たちは恋人同士ではない。そう考えて、凜一は納得した。

きっと沖津としては、これも恋人のふりをする一環なのだろう。だから凜一がいやだと言えば――こんなことは必要ないと言えば、やめるはずだ。

もうやめよう、と言えばこれ以上恥ずかしいところを見せないですむ。凜一自身自分に幻滅せずにすむし、沖津に面倒をかけることもない。

（……でも、やめたら、もう二度とキスもないんだ）

くっきりと大きい沖津の唇を見つめて、あれがキスしたんだ、と思うと胸が疼《うず》いた。したい。

あと一回でいい、触れてもらいたい。

「――キ、スも、」

声は掠れて震えた。

「して、くれるなら」

言いながら、最低な台詞だと思う。沖津の親切で勘違いして、欲情しているのは凜一のほうだ。友達になりたいと思っていたのに――今はもう、恋人みたいに扱われたくてたまらない。

自分の中に、これほど強い欲求があるなんて想像したこともなかった。恥ずかしくて間違っていることでも、ほしい、と願うような強欲さ。

醜さに打ちのめされて縋るように見上げると、沖津はすうっと目の色を暗くした。

「もちろん、いっぱいしようね」

ぞくりとするほど熱を増した視線が、凜一の口元に注がれた。そのくせ沖津はすぐにキスすることはなく、丁寧な手つきでチノパンと下着を脱がせて、凜一を裸にした。脚をひらかせ、膝を掬い上げて、そこに口づける。やわらかな唇の感触に続けて歯が膝の骨に当たり、凜一はびくっと足を引いた。

「っ、膝は、変だと思う」

「変じゃない。恋人の身体はどこだってキスしたいものだよ」

「き、聞いたことない……、っ、ふ……ッ」

ちろりと舌が動いて膝を舐められ、再びびくつい たところで太ももを撫でられる。自分でだって普段触らない太ももの裏側は、触れられると肌が粟立《あわだ》った。沖津は脚を押し広げながら太ももにもキスし、凜一は咄嗟に口を覆った。

「ぅ、んっ……」

ちゅぷっ、と音をたてて肌に吸いつかれると、かすかな痛みが走る。震えたところを舌でくすぐられ、同時に手のひらが下腹に添えられた。くっと指が食い込んで、喉の奥が鳴ってしまう。

「ん、……く、ぅっ」

「もう濡れてきちゃったね、凜一さん」

かたちを変えた凜一自身には触れず、両手をウエストに這わせながら、沖津はじっと視線を注ぐ。

「ひくひくしてるけど、痛くない？」

「——いた、い、」

平気だ、とはとても言えなかった。見たこともない角度に育った性器は、信じられないことに先端がぬるついていて、今にも暴発しそうだった。返事をするあいだにもじくじく疼き、耐えられなくて腰がくねる。

「ああ、垂れてきた。これじゃ痛いよね」

ねばりのある体液が鈴口から糸を引き、沖津が感嘆したような声を出した。

「一回出そうか」

「っ、ぁ、……っ、……ッ」

それは普通なんだろうか、と聞きたかったのに、指で撫でられるだけでびぃんと響き、息が乱れた。痛い、のだがそれだけでなく、もどかしいような、かゆいような感じがこみ上げてくる。めったにしない自慰のときとは全然違う感覚だった。

（これ……お、お漏らし、しちゃうときみたいだ）

子供のときのお仕置きの夜を思い出し、凜一はもがいた。

「待っ、吉見くん……、で、出ちゃう」

「うん、出しちゃっていいよ」

「ぁ、……は、んんっ、あっ」

長い指が幹に絡みつき、凜一は背筋をしならせた。下腹部から心臓まで、焼けるような感覚が走り抜ける。数度扱《しご》かれると尻が浮き、ひくひくと前後してしまう。

「や、で、出るっ、や、だっ」

「いや？　でも達《い》かないと痛いし、つらいよ？」

沖津はあやすように短くキスした。

「我慢しなくていいから、気持ちよくなって。恥ずかしくないから」

嘘だ。もう恥ずかしいしつらい。腹の底からぞくぞくして、かゆくて、爛《ただ》れたみたいに熱い。なのに沖津は凜一の耳を食《は》み、甘い声で囁いた。

「出してくれたほうが俺も嬉しいよ？　先っぽいじ

ってあげるから、達ってみて」

「ッ、あ、そこ、……っ、あ、……っく、……あ、あッ」

にゅる、と沖津の指がすべった。人差し指の先端が、ぬめぬめする鈴口をこじ開けるようにいじってくる。残りの指で雁首《かりくび》の裏をこすられ、思わず腰が引けた。

（だめ、出る、――！）

絶望的な気分で思うより一瞬早く、凜一は達していた。ぴゅっと噴き出た白濁は沖津の手にかかり、重たい雫《しずく》になって流れていく。

「……ぁ、……っ、は……、っ」

「ん、いっぱい出たね」

まだひくついている性器をなおも扱いてくれながら、沖津はぺたんと寝てしまった耳にキスした。

「大丈夫だったでしょ？」

「……、う、ん」

おしっこじゃなくてよかった、とほっとしかけたものの、射精するのだってべつに褒められたことではない。こわごわ目を向ければ沖津の手が濡れていて、申し訳なさできゅっと喉がつまった。

「ごめん……手が、汚くなった」

「謝ることないよ。見たかったから、ティッシュ使わなかったんだ」

「見たかった？」

なぜだろう、と首をかしげた凜一に、沖津は答えなかった。かわりに、うなだれた性器の下に手を入れてくる。

「続けていい？　ゴムはちゃんとつけるから」

袋の裏に指が当たって、凜一は身震いした。肛門《こうもん》と陰嚢《いんのう》のあいだのやわらかいところをこすられるのまで気持ちがいいなんて、本格的に感覚がおかしくなっているみたいだ。

「いい、けど……あ、あんまり触ると、僕が、また……その、」

「また感じちゃう？　感じてくれないと、続きにならないよ」

おかしかったのか、沖津はくすっと笑って目元にキスした。それから鼻先、唇とキスする場所を移し、ちゅ、ちゅ、とついばんでくる。

「ふ……っ、あ、……ん、ん」

唇同士のキスは、やはり気持ちよかった。舌で唇を撫でられると、自然とひらいて受け入れてしまう。大きくて長い舌を含まされると、ぼうっと意識が霞《かす》んだ。

「んむ、……っは、……ん、ぅ、ん……っ」

くちゅくちゅと舌を揺らしてしばらく味わわせてくれた沖津は、最後に凛一の舌を吸って離れた。

「凛一さんキス好きだね。キスすると、ぽーってなっちゃうもんね……こういうときは、凛一さんでも表情、すごく変わるんだ」

感慨深げな口調でしみじみ言われ、凛一は顔を背けた。

「み、見ないで」

指摘されるまでもなく、とんでもなくみっともない顔だとは思う。感覚ひとつ制御できないのだから、さぞ無防備で恥さらしな表情なのだろう。

けれど、沖津は「見せて」とねだるように言ってくる。

「ちゃんと表情見てないと、本気でいやなときも気がつけないから。――これから、触るからね」

「……触る？」

「ここ」

探るように動いた沖津の指が、尻のあわいに触れた。襞《ひだ》の寄った孔《あな》の周りをくるくると撫でられる。くすぐったさに首を竦め、尻の孔だと思い当たって、凜一は目を見ひらいた。

そうだ。男性同士だから、性行為をするならそこを使うのだ。保健の授業でちゃんと習った。オメガとアルファは男性でも妊娠が可能だが、膣《ちつ》がないので肛門に挿入し、受精は分岐した特定の器官で行われる。

「痛くないようにちゃんとジェル使うから、楽にして。痛いときと、気持ちよくなってきたときはちゃんと教えてね。傷つけたくないから」

沖津は落ち着いた声音だった。ベッドの脇の小さな棚からチューブを取り出し、たっぷり絞り出して窄《すぼ》まりに塗りつける。抵抗なくこすれる感触に、本気でするつもりなのだと悟って、凜一はふいに泣きたくなった。

こんな気持ちはもう何年もなかったのに、今日はやっぱりおかしい。寂しいような、申し訳ないような気分だった。

「吉見くん……あの、」

「うん？　いや？」

「……ううん。あ、ありがとうって……言いたく、て」

沖津にとってはセックスも、慣れていて気分が乗れば誰とでもできるような気軽なものなのかもしれない。でも、凜一にとっては特別なことだった。

「また、そんなこと言って」

沖津は困ったように嘆息し、それからゆっくり指を入れた。

「お礼はいらないから、続けていいときは、ちゃんと名前呼んでくれる？」

「わか、……っ、ふ、……ッ」

ぬるっと指が入り込んでくる感覚に、背筋が震えた。無意識に締めつけた襞の内側に、くっきりと沖津の指を感じる。長くて節のわかる、綺麗なあの指が自分の中に入っているのだと思うと、うなじまでちりちりした。小刻みに粘膜をこすられれば、喉の奥から声が出る。

「う、……ぁ、……あ、……っ」

「もうちょっと奥かな」

呟いた沖津がそっと指を動かし、優しく押し上げる。腹側を内側から刺激され、凛一は息を呑んだ。

「ぁッ……、あ、あ……ッ」

こりこり揉むようにされたそこから、強烈な刺激が駆け抜ける。たまらずに腰をくねらせ、ひくひくと尻を振ってしまうと、沖津は唇を舐めた。

「ここ気持ちがいいよね。慣れてきたら、奥もすごく気持ちがよくなるらしいけど、今日はここをいっぱいいじろうね」

「っ、あ、っ、でも、んっ、これ、……っ」

痺れて、頭の芯が重い。尻は動いてしまうのに、身体はくたっとなって甘怠い。続けざまに揉みほぐされればなにかが染み出すような錯覚が襲い、凛一は腰を上げて仰《の》け反《ぞ》った。

「――っ、ふ、……ぁ……っ」

しなって大きくなった性器から、透明な汁が零れて落ちる。沖津は中の膨らみを優しくこすりながら微笑んだ。

「甘達きしてるかな？　気持ちいいでしょ」

「……っ、わ、か、……らな、――っ、あ……ッ」

「ほらまた、きゅって中が窄まって震えてる。気持ちいいよね」

意識がぼんやり霞む感覚だった。射精はしていないのに、汁が出てしまうたび、似た痺れが広がって、快感がいつまでも尾を引く。

「っ、も、……あ、よしみく……っ、あ……っ」

「焦らないで、いっぱい気持ちよくなっていいよ。ゆっくり味わって」

　弱々しく身をよじる凜一を優しくあやしつつ、沖津は手をとめなかった。何度も痙攣《けいれん》し身体が反り返るのを繰り返すと、凜一は口を閉じられなくなった。甘いお湯につけられたみたいになにもかも気怠い。とろけきった身体はどこにも力が入らない。

　はあはあと喘《あえ》いでぼんやり見上げる凜一の表情を確認し、沖津はようやく前立腺を揉むのをやめ、かわりに指を増やした。そうして、根元まで深々と差し込んでくる。

「んっ……、う、……ん、はっ」

　じっくりと埋めては引き抜くのを繰り返され、限界まで張りつめた性器が震えた。潤滑剤で濡れそぼった孔の中は溶けるように感じられて、むずむずとかゆかった。強烈に感じてしまうところを、指がかすめて通り過ぎるだけなのがもどかしい。

「いじるのやめても萎えないね。少し速くするから、つらかったら言ってね」

　じっと視線を注ぎながら、沖津は優しい声を出す。丁寧にジェルを足し、再び指を奥まで入れると出し入れをはじめた。ぎりぎりまで引き抜いては、さっきよりスピードをつけて奥まで突き入れる。指の付け根が凜一の股間にぶつかるまで突かれると、揺すぶられる感触が腹に広がった。

「……っ、は、……ぁ、っ」

　波紋のように伝わる刺激で鳥肌が立って、凜一は息を零した。否応なく感じるところを揉まれるよりはずっと弱い刺激のはずが、二度、三度と抜き差しされると震えがとまらなくなってくる。

快感は、あると思う。勃起するのだからこれが性的な快感なのだろうと思うけれど、気持ちいい、というよりも心もとない。ただでさえゆるみきった自分の身体がどんどんくずれていきそうだ。

「中もひくひくしてきた。気持ちいい？」

沖津は嬉しげだった。少しだけ迷って、凛一は頷いた。

「た、たぶん……っ、あ、あ、そこはっ、んんッ」

「我慢しないで達っていいからね。いっぱい気持ちよくなってからつながろうね」

くりくりと指先で前立腺を弄《もてあそ》んだ沖津は、凛一の身体が反り返ると、またピストンをはじめる。さらにスピードを上げてぱちゅぱちゅと突かれ、凛一はつま先を丸めた。ピストンされただけでも出てしまいそうだ。射精のはずなのに、やっぱりお漏らしの感覚に似ている。だらしなく崩壊し、とめたくてもとめられなくなる、濡れた感覚だった。

「っあ、……ん、あ、よ、しみくっ……あ、……あっ」

「出ちゃいそう？　お汁いっぱい垂れちゃってる」

「でる、でるからっ、も、だめ、……っ、ん、く……ぅっ」

受け入れた場所を沖津に向かって差し出すように、ぐっと腰が浮いた。二度目の精液が溢れ出しても沖津は手をとめず、凛一はピストンされながらなす術なく吐精した。

ペニスの中と尻の中とが、焼けるように熱い。最後の一滴が垂れ落ちても、沖津が手をとめないせいか絶頂感は薄まらず、不随意に身体がひくつく。

沖津がやっと指を抜いてくれると、凛一はぐったり脱力した。このまま眠りたいくらい、全身がだるい。

「奥まですごくやわらかくなったから大丈夫だと思うけど」

服を脱ぎ捨てながら、沖津はそう言った。

「どうしてもだめだったら、無理しないでね。いやな思い出にはしてほしくないから」

力の入らない凜一にキスしてくれた彼は、ゴムをつけると凜一の脚を持ち上げた。両膝をひらき、濡れた股間全部が見える角度で固定され、硬いものが窄まりにあてがわれる。ぬるっとこすりつけられた性器は、薄い膜に覆われていても不思議な熱を帯びていた。

吉見くんのだ、と思うと、じんと痺れた。

(どうしよう……なんで、嬉しい、んだろう)

理由はわからない。でも、彼が本気で凜一を抱くつもりで、ちゃんと性的に興奮していて――つながるのだ、と思うと、ほっとするような嬉しさがあった。

普段より濃い色をした沖津の目に見下ろされ、彼が動かすままにはしたなく脚をひらかされた格好で、凜一はそこが圧迫されるのを感じた。

「……っ、あ、……あぁっ、……っ」

一瞬、焦げつくような熱を感じた。続けて無理に拡張される圧迫感とどうしようもない痛みが襲い、耐えきれずに顎が上がった。

「ぅ、あっ……、い、いた、……あ、ッ」

「ごめんね、初めてだとどうしても痛いよね。でもちゃんとやわらかいから、ちょっとだけ我慢して」

自身も苦しげに眉を寄せて、沖津がぐっと腰を押しつける。硬い肉棒が深く食い込んで、凜一はぶるりと震えた。

痛い、のに、それでも力が入らない。沖津がかるく揺するようにして馴染ませ、ゆっくり突くと、さらに深いところへとずぶずぶ埋まってしまう。沖津は満足できる位置まで自身をおさめると、凜一の顔を撫でてくれた。

「凜一さん、初めてだよね？　すごく上手で嬉しいな」

「……じょうず？」

限界までひらかれた内股がぴりぴりする。沖津を飲み込んだ内側はどろりと重たくて、くっきりと沖津のかたちを感じた。

「うん、上手。とろとろだもん、ここ」

「っあ、……待っ、あ、ぁあっ」

動かれると、たちまち脳裏で火花が散った。濡れるようにも焼けるようにも感じる。硬いかたまりがごりごりと内壁をこすって苦しい。

「あー、締まるの、すっごい、いい」

ゆるゆると行き来しながら、沖津が気持ちよさそうなため息をついた。

「めちゃくちゃいい。凜一さんは？　つらくない？」

「……な、い……っ、ん、は、……んッ」

本当はつらい。でも褒められるのは嬉しかった。上手だなんて、言われるのは初めてで、失望されなかった、と思うと舞い上がりそうだった。甘く熱を帯びた目で見下ろしてくる沖津の表情は、嘘をついているようにも、お世辞を言っているようにも見えない。

「じゃあ少し動くね。ゆっくり慣れてくればいいから」

「わかった……っ、んぅ、……っんっ」

「声我慢しないほうがいいよ。口開けて——そうそう、上手」

急がないスピードで凜一を攻めつつ、沖津は声をかけてくれる。言われたとおりに口をひらけば褒めてくれ、身体を重ねてキスをした。

「んむっ……ふ、……あっ、……あ、ぅ、んっ」

短いキスを繰り返し、合間にぐっと突き上げられて、凛一はすぐになにも考えられなくなった。下腹の中が疼いていて、それが痛いのか苦しいのか、気持ちいいのかもよくわからない。ただ、こすれる感触がもっとほしい感じがして、もっとキスされたくて、声が漏れる。

「っ、吉見くん……っ、あ、……ッあ、あっ」

ひくり、と尻を振ってしまうと、沖津は焦《じ》らすように動きをとめて髪を撫でた。

「お尻よくなってきた？」

「わ、わかんな、……あっ、は、あッ、んっ」

「こうやってこすると、気持ちいい？　もっとしてほしくなる？」

沖津が動くと、とろみのある水音がした。じゅっ、じゅっ、という音にあわせて痺れに似た感覚が下腹を襲い、凛一は何度も頷いた。

「し、して……、こすって、あっ、……あ、ア、あっ」

「覚えてね。これが、気持ちいい、だよ」

「——っ、あ、あ、あぁッ」

わずかに角度を変えられただけでびぃんと響いて、凛一は喉を反らした。気持ちいい。じゅわじゅわ溶かされていくこの感覚が、快感なのだ。

「ふぁ、あっ……きもち、いっ……あっ」

「うん、気持ちいいよね。気持ちよかったら、名前呼んで」

「あっ……よし、みく、んッ、……っあ、……ぁッ」

「もっと呼んで？　凛一さんの声、好きだから」

好きだなんて、と胸が苦しくなった。

（死んじゃう……こんなの、嬉しくて、死んじゃう）

「吉見くん……っ」

夢中で手を差し伸べて、首筋に縋りつく。

「吉見く……よしみ、くんっ……」

「素直だね、凜一さん」

笑って抱きしめ返してくれた沖津は、なだめるようにキスすると、凜一の手を摑んだ。

「俺も達きたくなっちゃったから、動くね。凜一さんはいっぱい達っていいよ」

「うん……、うんっ」

なにを言われても嬉しかった。ぺったりと耳を寝かせて沖津を見上げ、つないだ手に精いっぱい力を込める。

ずくっ、と打ちつけられると、目の底が眩しく光った。下から突き上げられて吐息が漏れ、そのまま揺さぶられて、快感が全身を貫く。

「は、ぁっ……、はっ……ん、あ、……っ」

気持ちいい。気持ちいい。

ぐちゅぐちゅ淫《みだ》らな音をたてて奥まで沖津が入っていて、すごく、とても、嬉しい。

「よし、み……くんっ、んんっ、は、……、ぁ、よし、ん……ッ」

名前を呼びかけたらびしゅっとはじける感覚がして、凜一は後頭部をシーツにすりつけるようにして身体を反らした。天高く舞い上がるような、激しい絶頂感に襲われる。

「ッ、すっごい、吸いつく……」

ため息のような声を漏らして、なおも沖津は動いた。極めている最中に穿《うが》たれて、腹の奥が捩《ねじ》れるように竦む。

「――っ、……は、……っ、――ッ」

声も出せないほどの快楽だった。絶頂で蠢《うごめ》く襞の中で、沖津はほどなく動きをとめて、ぎゅっと凜一を抱きしめてくれた。

荒い呼吸の合間に耳にキスされ、凜一は長い快感がゆるやかに収束していくのを感じながら目を閉じた。動けない。全身重くて、疲れていて、なにもかも取るに足りないことのように遠く感じる。なにか考えるべきことや、言うべきことがあるのはわかっていたけれど、一言だって浮かんできはしなかった。

凜一さん、と呼ばれても返事もできなくて、凜一はふっと意識を失った。

3

翌週、凜一は激しく落ち込んでいた。

自分が落ちこぼれのアルファだとは重々わきまえているつもりだったけれど、まさかこんなにも駄目な人間だとは思わなかった。

（もう、絶対、友達になれない……）

あんな醜態をさらした挙句、寝落ちして沖津に迷惑をかけただろうに、翌朝、普段どおり優しく声をかけてくれる彼の顔をまともに見られなくて、逃げるように出てきてしまった。

「土下座すればよかった……」

誰もいない資料室で、凜一は悶々《もんもん》と頭をかかえた。

あれから一度も沖津には会っていない。最初の二日は、ひたすら恥ずかしくて死にたいほどで、沖津の顔を見るなんて絶対無理だった。水曜に食事を作ってもらう約束は当然なかったことにしてもらった。一昨日《おととい》からは申し訳なさが勝ってきて、謝らなければと思ったものの、きっと軽蔑される、何日も経ったから怒っているかも、と思うと、とても訪ねら

れなかった。

　そんな感じで沖津と顔をあわせないよう、早朝に出社して今日で五日目——金曜だ。毎日毎晩、先週の「デート」からの流れを思い出しては羞恥に悶《もだ》えて大反省し、激しく落ち込むのを繰り返しているせいで、ほとんど眠れていなかった。

　沖津からは何度かメッセージが送られてきて、どれも凜一を案じてくれる内容だった。大丈夫だ、と返事はしたけれど、それだけだ。

（僕はなんて駄目な人間なんだ……）

　眠れないほど申し訳なく思っているのだから、今からでも謝りにいって土下座でもなんでもすればいいのだ。行く勇気が出ない、なんて言っている場合ではない。

　このままなしくずしにするのはよくない。せめて一回だけでも謝るべきだし、先延ばしにするほど駄目なのも重々わかっている。

（やっぱり今日……夜にでも……いや、いっそ人がいない朝のうちのほうがいいのかな）

　沖津はもう来ているだろうか。資料室には窓がないが、エレベーターの脇にある階段の窓からなら、広場が見下ろせる。

　見るだけ見て、いなかったら夜にしよう、と凜一は立ち上がった。廊下から重いドアを開けて階段に出て、窓に近寄ると、ちょうど広場に深緑色のキッチンカーが入ってくるところだった。

　停まった車から、見慣れた沖津の姿が現れる。ちょうど通りかかった小柄な若いオメガと、少し年上の女性の二人連れが親しげに声をかけ、沖津は笑顔で手を振った。ぎゅうっと胸が苦しくなって、凜一は背を向けた。ガラスに背中を預け、深呼吸する。

「今、下りれば……謝れる」

このまま階段を下りるだけだ。下りてあそこまで行ったら、彼がなにか言うより早く土下座しよう。

よし、と決意を固めて一歩踏み出した途端、ポケットの中でスマートフォンが震えた。見ると沖津からの電話で、慌てて通話マークに触れる。

「も……もしもし」

『おはよう、凜一さん。今大丈夫？』

「……う、うん」

『まだ家？　具合悪くなったりしてない？』

「──もう出社した。具合は、悪くないよ」

『ならよかった。凜一さん、今週一回もコーヒー買いにきてくれないから、心配してたんだ』

「……吉見くん」

落ち着いた声を聞くと申し訳なさが募った。普段より硬く聞こえるのは気のせいではないはずだ。言葉をつまらせた凜一に、ねえ、と囁くように呼びかける沖津は、いつになく遠慮がちだった。

『もしかして、いやだったのかなと思って。セックス、半分くらい強引にしちゃった気がしてたから。やっぱりやめておけばよかったって後悔してる？』

「それは……その」

耳鳴りがしたみたいに耳が痛んだ。おそるおそる窓から下を見ると、車にもたれて電話する沖津が見えて、背を向け直す。

「後悔は、してる」

『──そう』

すっとかげった声が誤解したせいだと、このときばかりはすぐに察しがついて、凜一はスマートフォンを握りしめた。

「違うんだ。みっともないところを見せて、迷惑をかけたから……沖、吉見くんにいっぱい親切にしてもらったのに、恩を仇《あだ》で返すような真似をしたから、

『ちょっと複雑だけど、よかった。——お兄さんとは会う約束はついた？』

複雑というのはどういうことだろう。聞きたかったが、電話では相手の顔が見えないから話しづらい。兄の話題を振られてしまえば話を戻すこともできなくて、「まだ」と凜一は答えた。

「退院はできたみたいだから……体調を聞いて、来週の土日のどちらかにしたいと思ってる」

『俺も一緒に行かせてもらえない？』

「え？」

びっくりして、窓を振り返った。沖津は右手だけで車のカウンターを出しながら話している。

『想像だけど、お兄さん、写真だけで納得してくれるとは思えないんだよね。俺が一緒のほうが、説得力があると思うんだ。もちろん、お兄さんの意向とか体調とかあると思うから、迷惑じゃなかったら』

後悔はしてる、けど」

『……後悔って、そういう意味？』

「うん」

まだ少し疑わしげな響きに、見えないとわかっていて何度も頷く。

「いやだったわけじゃない。ただ、本当に、申し訳ないことをしたから……ごめんなさい」

『いやじゃなかったんだ？』

「う………、う、ん」

『俺のこと嫌いになってない？』

「な、なってない！　むしろ好——」

好き、と言いかけて、かっと顔が熱くなった。言えない。これ以上迷惑をかけられない。

「す、すごく感謝、してる」

『感謝か』

繰り返して、沖津はため息をついた。

「……説得力は、たしかにある、と思うけど」

　恋人を連れて二人で行く、と言えば、兄が会ってくれる確率も上がるだろう。だが、兄はナチュラルにアルファ至上主義の人だから、沖津には絶対失礼なことを言うに違いなかった。兄には悪気はなく、ただアルファである自分に絶大な自信を持っているだけなのだが、人としてどうか、と言われれば、凜一も擁護しづらい。

「きみに、嫌われたくない」

『……嫌われたくない？』

「兄はたぶん、きみにひどいことを言うと思うんだ。いくら吉見くんが優しくたって、いやな気持ちになると思う。こんな面倒を引き受けなきゃよかったと思うだろうから——僕に対しても、きっとうんざりする。……いや、もう、とっくにうんざりはしてるよね。それはわかってるけど」

　図々しかったか、と焦ったが、沖津はほんのり笑ったようだった。

『うんざりなんかしてないよ』

　ふわっとやわらかい声に、凜一は耳がぴくりと動くのを感じた。息がかかったみたいにくすぐったい。

『やっぱり一緒に行かせて。凜一さんのお兄さんにも会ってみたい』

「……でも」

　これ以上迷惑をかけたくない。そう思ったのに、沖津は「ね」とねだるような声で遮った。

『あとでコーヒー買いにきて。そんで、夜はごはん食べにきてよ。そのときちゃんと話そう？』

「——わかった」

　そう言うしかなかった。もう一度顔を見て謝るべきだし、それに。

（……吉見くんの、目が見たい）

もう五日もちゃんと見ていない。触れてもらったときの熱は鮮明に覚えているのに、なんだか恋しい。唇のやわらかさ、声の低さ。

絶対だよ、と優しい声を伝えて電話は切れ、凜一はスマートフォンを胸に押し当てた。

静かに胸がどきどきしている。――彼は、怒ってはいなかった。気にしてくれていて、それも申し訳ないことをしたとは思うけれど……嫌われていない、と思うと足元がふわふわする。

会いたい。

今ならまだ始業前にコーヒーを買える、と思って階段を下りようとした凜一は、下から上がってくる人影にぎょっとして足をとめた。真野だ。

「おはよう、蘇芳さん。ずいぶん早いんだね」

「――おはようございます。早い出社になにか問題でも？」

全然、上ってくる足音に気づかなかった。眉を寄せてしまうと、真野は慌てたように手を振った。

「いやいや、熱心でいいんじゃないですか。――でもあれだね」

「……あれ、とは？」

「相変わらずの怖い顔でも、あの電話聞いたあとだと照れ隠しにしか見えないね」

「……っ」

びくっ、と肩が揺れてしまった。真野はにやにや笑いながらかるく手を振る。

「蘇芳さんて恋人いたんだねえ。可愛い声で微笑ましかったですよ、うん」

「――恋人ではありませんし、立ち聞きは失礼でしょう」

かろうじて言い返したが、真野は恐縮した様子も怯えるそぶりも見せなかった。

「この前俺の食べてる弁当に興味を持ってくれたのも、好きな人がいたからなんですねえ」

「あれはっ、あなたが大きな声で……、恋に効くとかなんとか言っているのが耳に入って……！」

「でも、足とめて興味津々で見てたでしょ。だから俺が教えてあげたんじゃないですか、これは東桜路《とうおうじ》の奥さんがやっているお弁当屋さんので、恋愛成就のご利益があるって噂なんですよって。蘇芳さんも食べました？」

「っ……ま、真野さんには関係ないことです！」

「照れちゃって」

真野は笑みを浮かべながらすれ違い、廊下へ出るドアを開けた。

「お兄さんに祝福してもらえるといいね。結婚式は呼んでくださいー」

「……っ」

かあっと視界が真っ赤になった。どこから聞かれていたんだろう。

立ち尽くしているうちに真野は行ってしまい、凜一はうなだれながら階段を下りた。非は自分にある。仕事場の階段で電話していた自分が悪い。でも。

（……吉見くんは恋人じゃないのに……どうしよう）

まったく関係のない真野にまで誤解されたなんて、よけいに沖津に迷惑がかかってしまわないか。相手が誰かまではばれていないはずだから、あとで真野には誤解だとよく説明しておかなければ。

だいたい、今の電話の内容は、凜一の言葉だけ聞いていれば恋人っぽいところはなかったはずだ。声だって普通にしていたつもりなのに。

ふらふらしながら一階まで下り、キッチンカーに向かうと、沖津はぱっと顔を輝かせたあと、眉をひそめた。

「大丈夫？　すごくつらそうな顔してる」

「……ちょっと、トラブルが」

「えっトラブル？　なにがあったの？」

急いで車を降りてきた沖津は凜一の手を取った。

ベンチに誘われ、あたたかくてしっかりした手の強さと心配してくれる優しさに、きゅう、と喉が痛む。

「俺で力になれる？　お兄さんのこと？」

手を握ってくれたまま、沖津が顔を覗き込んでくる。なだめるように髪と耳を撫でられると、後悔と自己嫌悪でいっぱいだった心がなぜか少しかるくなって、かぶりを振る。

「——職場の人と」

「職場の人？　まさかいやがらせされたとか？」

「そうじゃなくて……その、今の電話を、聞かれて」

「なんだ」

ほっとしたように沖津が笑顔を見せた。

「そんなのべつにいいじゃん。聞かれて困るようなこと話してないでしょ」

「で、でも、恋人と話していると勘違いされた。——本当に、ごめん」

「俺は平気。凜一さんはいやなの？」

沖津はきゅっと握った手に力をこめる。覗き込んでくる瞳が眩しくて、凜一は視線を逃がした。

「僕は全然いやじゃないよ。でも、きみが、困ると思って」

「じゃあ気にしないで」

ぽんぽん、と優しく凜一の頭を叩くと、沖津はついでのように耳にキスした。

「っ、よ、吉見くん？」

「座ってて。コーヒー作ってくる。なにがいい？」

「……シ、シトロンラテ……でも今」

「わかった、ちょっと待っててね」

外なのにキスした、と抗議したかったのに、沖津はさっと立ち上がってキッチンカーに戻っていく。唇を当てられたきつね耳を押さえて、凛一はあたりを見回した。広場を通りすぎる人が何人もいる。幸い誰も凛一のほうを見てはいなかったけれど――見られたらどうするつもりなのか。

(本当に恋人だと思われちゃうじゃないか)

僕は困らないけど、と思って耳を撫でつけ、それから凛一は愕然とした。

「困らないって……なんで」

自分だって困るはずだ。だって、恋人なんて、弱みの最たるものだろう。誰に好意を抱いているか知られるのは全然いいことではなく、困るべきことのはずだ――今までならば。

(で、でもそれはお祖父《じい》様の教えどおりにしている場合で……今は困らなくても普通……なのか?)

普通ならばたしかに知られても困らないかもしれない。でも沖津と自分は本当の恋人同士ではないから、沖津にこれ以上迷惑をかけないためにも誤解はよくない。よくない、のだけれど。

(あ、あれ?)

だんだん心臓が高鳴りはじめて、混乱してくる。困るのもよくないのも沖津のためだ。凛一自身は――。

(……変だ)

耳に触れた唇の感触を思い出し、ついで電話ごしの低い声やベッドの中で抱きしめてくれたことも思い出して、さあっと血の気が引いた。どれもいやじゃない。いくら思い出しても舞い上がるようで、これじゃあまるで、と凛一はキッチンカーに視線を向けた。

ベンチからは中にいる沖津は見えない。明るい色の髪も、腕も、顔も見えないのに、くっきりまぶたの裏に姿が浮かぶ。

走っていって、名前を呼びたかった。呼んで、振り返ってもらって、手をつないで、大丈夫だよと言われたい。変じゃないよ凜一さん、と励ましてもらって、耳を撫でて——唇にキスしてほしい。

「——友達になりたかった、のに」

恋人でもいい、と心の中でもう一人の自分が囁いた。尻尾を膨らませて自分勝手な笑みを浮かべた心の中の凜一は、「どっちだっていいじゃないか」と言ってくる。

友達でも恋人でも仲がいいことには変わりない。でも、恋人なら、キスもついててもっといいよね。思い出しなよ、土曜日にしてもらってあんなに嬉しかったこと。

(どうしよう……)

ふらっと凜一は立ち上がった。ちょうどキッチンカーのドアが開き、沖津がカップを持って出てくるところだった。逃げようか、と思って、凜一は思いとどまって自分から歩み寄った。

「座っててよかったのに。時間まだ大丈夫だよね?」

「……もう戻るよ」

笑顔で迎えてくれる沖津を直視できないまま、カップを受け取って、そそくさと背を向けようとすると、腕に手がかかった。

「待って。夜は、また七時に待ち合わせでいい?」

「——」

答えられずに振り返って沖津の顔を見る。沖津は困った表情で、凜一の頭に手を乗せた。

「凜一さん、あんまり眠れてないでしょう。目、ちょっと赤いよ」

「……これは、その」

「もっと早く電話すればよかったね。おいで」

耳を撫でつける手つきは優しくて、左手で腰を引き寄せられるとふらふらした。半分もたれかかるように抱き寄せられ、何度も耳と髪とを撫でられる。

「そんなに不安そうな顔しないで」

泣きそうになって、凜一は沖津の肩先に顔を埋《うず》めた。みっともない。恥ずかしい。見ている人だってきっといるのに——忌避感より強い、嵐みたいな寂しさでおかしくなりそうだった。

（好き……沖津くんが、好き）

友達になりたいし恋人でもいい。どっちがいいかなんてわからない。自分でもどんな関係を望んでいるのかわからないけれど、ただ好きだった。

（僕は馬鹿だ）

全部、こんなはずじゃなかった。もっと簡単に、なにごともなく終わるのだと思っていた。恥をしのんで一度頼みごとをして、兄に安心してもらって、沖津にはちゃんと謝礼を払って、それで綺麗に終わると信じていた。

誤算は、自分が思っていた以上に愚かで、自分勝手で、恥ずかしい人間だったことだ。

こんなに沖津を好きになって、ずっと好きでいたい、と思うようになるなんて強欲すぎる。

でも、もう好きだから、どうしようもない。

（——沖津くんに、これ以上迷惑かけないようにしないと）

兄に会えたら、うまくいってもいかなくても、沖津には「もういいよ」と言おう、と凜一は決めた。お礼を渡して謝って、本当にありがとうと伝えて——いっそ、転職してもいい。

だって、沖津は凜一に好きだなんて言われても、迷惑でしかないだろう。親切心と義理を果たすために嘘につきあった挙句、よくわからないけどとにかくきみが好きなんだ、なんて言われたら面倒臭いに決まっている。

　好意は、絶対にばれないようにしなければ。


　兄が「会ってやる」と指定したのは、翌週の日曜日だった。無理しなくていいと言ったのに、沖津は本当につきあってくれ、凜一は彼と並んで、兄のマンションのリビングで兄と向かいあっていた。

　一応コーヒーを出してくれたものの、兄の瑶一の態度は、まったく歓迎するものではなかった。

「で、わざわざ貴重な時間を割かせて、会わせたいのがどうしてこの男なのか、ちゃんと納得のいく説明ができるんだろうな？」

　顔色がいいとは言えず、以前より少し痩《や》せたようだが、瑶一はそれなりに元気そうだった。赤茶の耳をぴんと立て、偉そうに尻尾を揺らした彼から軽蔑する目つきを向けられ、凜一は落ち着かなく背筋を伸ばした。兄と話すのはいつも緊張する。

「その……伝えたとおり……け、結婚を、考えていて」

「聞いた。同じことは繰り返さなくていい」

「……お相手の、沖津、吉見さんです」

「初めまして。凜一さんとは半年前に知り合って、おつきあいさせていただいています」

　横から沖津が言ってくれたが、瑶一は呆れたように鼻を鳴らした。

「馬鹿言え。おまえ、本気でベータと結婚する気な

のか？」

　ほとんど睨むような視線で見られて、凜一は俯いた。やはり兄はベータだからと沖津を馬鹿にしているようだった。予想では「おまえには似合いだ」と言われると思っていたのだが——どうも、兄は反対する気のようだ。

　はい、と小さな声で言えば、即座に「駄目に決まってるだろう」と返ってくる。

「ベータで、しかも見たところ年下じゃないか。おいきみ、いくつだ」

「二十六です」

「ほら見ろ、年下だ」

　兄は思いきり顔をしかめた。

「いいか、たしかに俺は早く結婚しろと言った。理由もちゃんと説明してやっただろう。おまえみたいに頼りない人間は支えてくれるパートナーが必要だと」

「——はい」

「理解できてたんだな？　ならなぜ、ベータを選ぶ。おまえはアルファの伴侶じゃないと駄目だろう。親戚連中だって納得しないぞ。おまえのことだからオメガを連れてくることはないと思っていたが、まさかベータとは。そんなんじゃ、いざというときに頼れないだろう。しかもこんなチャラそうな男なんて絶対駄目だ。やめなさい」

「お……沖津くんは、僕よりずっとしっかりした人です」

　耐えられなくて、凜一は顔を上げた。これ以上沖津を悪く言ってほしくなかった。

「ひとりでお店もできるし、お客さんにだって人気があるし……その、デートのときだって、いろいろ教えてくれて……優しい、人です。僕は、兄さんに安心してほしくて――病気のことだってあるし、今まで迷惑をかけた分、せめてこれからは頼ってもらえないかと、」

「凜一」

瑶一はうるさげに遮った。

「この男が優しいだと？　そんなことで惚《ほ》れるからおまえは駄目なんだぞ。それで俺に安心してもらえると思ってること自体がおめでたすぎる。よけいな心配が増えただけじゃないか」

「――」

「おまえは昔からそうだ。いつも俺に心配をかけるだけで、まったく成長してないな」

「……でも、僕なりに考えて――」

「考えて選ぶ相手がこんなだから駄目なんだ。いいか、いくら考えたって、正しい選択肢を選べなきゃ、時間が無駄になるだけだ。そんなこともわからないのか？」

祖父そっくりの口調で叱責され、俯くしかなかった。

もちろん、凜一だって、結婚したい相手がいると伝えたら、兄がすぐに喜んで安心してくれると思っていたわけじゃない。でも、多少なりとも、以前とは違うと思ってくれるだろうと考えていたのだ。兄よりは不出来でも、少しは大人になったと感じてくれるはずだと。

(僕が、浅はかだったんだ)

「――すみません。却《かえ》って怒らせるだけになってしまって」

「しっかり反省して次は間違うなよ」

まったく世話がやける、と大きな声で独り言を言った瑶一は、じろりと沖津も睨んだ。

「沖津くんと言ったかな。そんなわけだから諦めてくれ。どうせ蘇芳家の財産狙いだったんだろう」

「――兄さん！」

失礼すぎる、と凜一は青ざめたが、沖津は落ち着いていた。

「そういうことではありません。俺はただ、凜一さんが好きなので」

「……吉見くん」

演技だとわかっているのに、とくんと心臓が跳ねた。沖津は高圧的な瑶一の態度に萎縮するでもなく、腹を立てるわけでもなく、ごく淡々としている。ちらりと凜一を見ると安心させるように微笑んでくれた。

「一度お会いしただけで許していただこうとは思っていません。今日は、ご挨拶できればと」

「何回来たって許す予定はないな――まあ、凜一は恋愛経験もどうせろくにないからな。結婚前に多少学習するのはかまわないが、こんなやつじゃなく、もっとましな相手にしなさい」

後半は凜一に向かって説教する口調で言った瑶一は、こめかみを揉みながら再度ため息をついた。

「ただでさえ入院で不自由してるんだ。今後はこんな馬鹿なことで俺の時間を使わせるな」

「――次の、入院はいつなんですか？　せめて見舞いに」

「なんで同じことを二回言わせるんだ」

またも遮った瑶一は、苛立たしげに立ち上がった。

「見舞いなんて絶対来るなと言っただろうが。俺に恥をかかせるんじゃない。――用がすんだら帰りなさい、俺は忙しいんだ」

「でも」

せめて病状だけでも聞かせてほしい。ちゃんと治るのか、それとももう時間がないのか。瑶一の勢いに負けて立ち上がってしまいながら、凜一はかろうじて言った。

「兄さんが、心配なんです」

「おまえに心配されるようなことはなにもない。そこまで落ちぶれたくはないからな」

肩をそびやかせた瑶一は犬でも追い払うように手を動かした。

「帰れと言っただろ。どうしておまえは同じことを二回言わなきゃわからないんだ？」

「……すみません」

うなだれて、凜一はコートを取った。今日の兄は、普段よりもいっそう機嫌がよくないようだった。もしかすると体調の悪さも影響しているのかもしれない。

それにしても——ここまで取りつく島もないとは。

（……やっぱり、兄さんは僕を、嫌いなんだな）

兄弟として多少でも愛情があるなら、もっと違う態度を見せるはずだ。普段ならともかく、病気のときだったら、少しは凜一の言い分に耳を傾けてくれるとか——それすらないどころか、いつもよりきついのは、嫌われているとしか思えない。

兄から見ると、自分は嫌われるほど出来損ないなのだ。

来ないほうがよかった、と唇を噛むと、沖津がそっと背中に手を添えてきた。

「今日はこれで失礼しますが、凜一さん、ずっとお兄さんのこと心配してたんですよ」

「っ、吉見くん」

気持ちはありがたいが、凜一のフォローをすれば兄がよけいに機嫌を損ねるのは目に見えていた。慌てて袖を引いたが、沖津はまっすぐに瑶一を見て動かなかった。瑶一は小馬鹿にした表情で薄く笑った。

「きみにお兄さんなどと言われたくないな」

「俺のことだって、どうしてもお兄さんに安心してほしいからって、こうして伝えにきたんです。喧嘩別れしたきりになるのはあなただって本意じゃないと思います」

「あいにく、俺と弟は喧嘩したことはない。落ちこぼれと喧嘩したってしょうがないだろう」

面倒そうな兄の返事が胸にささる。たしかに、喧嘩したことはない。いつも一方的にうんざりされていただけなのだ。

俯くと、沖津が凜一の肩を抱き寄せた。

「凜一さんは落ちこぼれじゃないです」

どきりとするほどきっぱりした口調だった。

「繊細で真面目で、努力家でしょう。同じ家で暮らしていたお兄さんが、凜一さんのいいところを知らないはずがないのに」

「繊細なのは欠点だし、能力が低いなら真面目に努力するのは当然だ。どこに褒める要素がある?」

負けじと瑶一も言い返して、凜一ははらはらして二人を見比べた。

「褒めるところしかないでしょう」

「ああそうか、ベータならそうかもしれないな。だが凜一は、これでもアルファなんだ。祖父はこんな出来損ないはアルファかどうか疑わしいと言って検査に連れていったくらいだが」

「残念です。そんな人しか凜一さんの周りにいなかったなんて」

怒るでもなくそう言った沖津は、「行こう」と凜一を促した。背中を優しく押してくれる手を感じながら、凜一は黙って頷いた。

玄関に向かう凜一たちを、兄は見送ったりしなかった。黙ってドアを開けて外に出て、エレベーターで地上に降り、腕時計を確かめると、兄の部屋に入ってから、十五分ほどしか経っていなかった。あっけなく失敗に終わったのだ。

ぽっかり胸に穴があいたような、空虚な気分だった。空虚すぎて、気が抜けたときのようにぼうっとしてしまう。

馬鹿なことをした。かといって、今でもほかに兄に会ってもらう方法を思いつかないあたりが、出来損ないの自分らしい。

いっそ会わないほうがよかったかもしれない。今回の病気がちゃんと治ったとしても、いつか兄が旅立ってしまうまで、邪魔にならないよう連絡を取らないで——凜一としてはせつないが、そのほうが兄としては心安らかに過ごせるのではないか。

嫌われているなら、努力するだけよけいに仲がこじれるだろうから。

「ごめんね、吉見くん」

皮肉なくらい天気はよくて、駅に向かう道はぽかぽかとあたたかい。謝ると、沖津はふわっと笑ってくれた。

「ものすごく予想どおりなお兄さんで、途中ちょっと笑いそうになっちゃった。顔は思ったより凜一さんと似てるね」

「似てるなんて、言われたことないよ」

全然気にしていないふうの沖津が眩しい。予想どおりの台詞でも、凜一ならいやな気持ちになるのに、表情にも出さないのは沖津の気遣いなのだろう。

「——ありがとう」

見つめると、沖津は少し赤くなった。珍しく慌てたように視線が逸らされる。

「ごめん。凜一さんのお兄さんなのに、最後生意気なこと言っちゃった」

「いいんだ。……あれ、すごく」

残念です、と言った沖津の声が蘇って、凜一は小さくため息をついた。自己嫌悪でいっぱいだけれど、思い出すと足元がふわふわする。

「――すごく、嬉しかった」

努力家だなんて言われたことはない。努力しているつもりでも、足りないのだといつも思っていたから、評価されないとか、不当に扱われているとか言う気はない。それでも、嬉しかったのだ。

「兄を呆れさせて、吉見くんに不愉快な思いをさせておいてなにを言ってるんだって感じで申し訳ないけど……それに、吉見くんだって、普段の僕の仕事ぶりを見てたら褒める気になれないだろうから、喜んじゃいけないのはわかってるけど……」

こんなときに「嬉しい」なんて打ち明けているのが恥ずかしくなってきて、ごめん、とつけ加えると、沖津は心配そうな目を向けてくる。

「仕事、うまくいってないの？」

「思いどおりには進んでいないかな。職場で良好な関係が築けたこともない。みっともないよね」

常だったら決して口にできない恥ずかしい事実も、するりと口をついた。兄にあれだけ叱責され、嫌われているのを見られたあとでは、仕事ができないなんてたいしたことじゃない。

自嘲してみせると、沖津は真面目な顔でぎゅっと手を摑んできた。

「みっともなくないよ。凜一さんは、全然みっともなくない」

「……吉見くん」

「あそこ、喫茶店がある。ちょっとだけ休んで帰ろうよ」

「うん」

誘いにもごく素直に頷けて、手をつないだまま喫茶店に入った。

古めかしいカウンター席の端に二人で並んで座っても、凜一はまだ半分くらいぼうっとしていた。

(……これから、どうしよう)

勉強も就職も、日々の些細《ささい》な振る舞いさえすべて、祖父や兄に認めてほしくて頑張ってきたのに、その目標が急になくなってしまった。

ぼんやりしたまま、コーヒーとカフェオレをそれぞれオーダーすると、沖津は隣からじっと覗き込んできた。

「俺、凜一さんが自分で考えてるほど、職場でうまくやれてないわけじゃないと思うよ」

「……ありがとう」

ぼやけて感情が普段より抜け落ちた凜一の声に、沖津は焦れったそうにした。

「お世辞とか慰めとかじゃなくて。うちのお客さんで、凜一さんが通ってるからっていう理由で来てくれた人もいるんだよ」

「……僕が、通ってるから?」

それでなぜ行こうと思う人がいるのかわからなくて、凜一は眉を寄せた。たしかに外見が目立つのはわかるが、職場の人とはほとんど話さない。

「凜一さんって愛想がいいタイプじゃないし、まずかったらまずいってはっきり言いそうなのに、毎日通ってるってことはすごくおいしいんだろう、って思うみたい」

「……そうなのか」

あまり納得はできなかったが、沖津の店の営業妨害をしたのでなくてよかった。沖津はカウンターの上で腕を組んで、「ね」と笑う。

「人って、意外とよく見てるものだよね」

「――僕は、外見が珍しいからだろう」

「それだけじゃないと思うよ。普段の仕事ぶりとかだって見てるから、凜一さんの判断は信用できるって思う人もいるってことだよ」

「でも、僕はひとりで仕事してる。資料室っていうところで……本当に、誰とも話さないよ。本社にいたころは同じ部署の人もいたけど、好かれていたとは思えない。――僕の言動が、よくなかったせいだ」

「思い当たることはあるんだ？」

首をかしげられ、凜一は躊躇って耳を動かした。

兄にあんなに叱責されるところを見られたあとでも、自分の情けない部分を打ち明けるのは恥ずかしい。けれど、職場で嫌われていると告白しても、沖津の心象に大差はないだろう。

「――一番最初の失敗は、入社すぐの研修のとき、同期のミスを指摘して、準備不足は足を引っ張るから困る、と言ったこと……だと、思う。相手に泣かれて、以来同期はみんなよそよそしい」

「……それは……うーん、言い方ってあるもんね」

困ったように沖津が笑って、凜一は「まだある」と言った。ほとんど自棄《やけ》だった。

「部署に配属されたあと、手伝うと言われたのを断ったり、上司に飲みながら士気を高めようと言われて、仕事に関することは業務時間内にすべきだと言って怒らせたり」

「なんとなく想像はつくなぁ」

「……だから、研究所に異動が決まったときは、今度こそ失敗しないようにと思っていた。ひとりきりの部署だったから、意味はなかったけど」

「本社のことはわからないけど、研究所の人は、凜一さんのこと嫌いじゃないと思うよ」

「――好かれていると感じたことはないよ」

「もし嫌われてたら、凜一さんが通ってるからってコーヒーを買いにくる人なんていないでしょ。凜一さんが十分ちゃんとやれてるからそういう人もいるんだよ。……お兄さんにも、認めてもらえるといいよね」

励ますように微笑まれて、凜一はカウンターに視線を落とした。

「……たぶん、無理だよ。兄は僕と違って、昔から優秀で、なにをやっても賞賛を浴びるような人だから。今も順調に出世しているみたいだし……病気になってつらいはずなのに、顔色が悪いくらいで、弱っている様子はいっさいなかった。だから──悪あがきは、やめようと思う」

「悪あがき？」

「兄に安心してほしかったけど、それは諦めるよ。吉見くんにはせっかく協力してもらって、いやな思いまでさせて悪いけど、認めてもらうとか、安心してもらうのは諦める。連絡しないようにすれば、兄はそのほうが落ち着けると思う」

うんざりされたまま別れたくないのは凜一のわがままだ。兄からすれば、不出来な弟の存在自体が迷惑なのだろうと、今日思い知った。

「自覚しているよりずっと、嫌われているんだってよくわかったよ。……そういう意味では、今日会えてよかった」

どんなに呆れられていても、肉親としての情は兄も抱いている、とどこかで信じていた。でも、兄の中にはその情もないのだ。

連れていったのが沖津ではなく年上の、非の打ちどころのないアルファだったとしても、兄が凜一を見直してくれることはなかっただろう。

「それで凜一さんはいいの？」

カウンターの中から手渡される飲み物を受け取りながら、沖津は納得のいかない顔だった。

「うん。ほかにどうしようもないから」

「どうしようもない、かなあ……」

沖津は顎に手を当てて思案げな声を出した。

「お兄さん、なんか、あまりにも予想どおりの嫌味な言い方じゃなかった？」

「……？」

沖津の言いたい意味がよくわからない。見返すと、沖津は「ドラマの悪役みたいだったよね」とさらによくわからないことを言った。

「いっそわざとらしいくらいで、弟と結婚しようとしている輩《やから》が生半可な気持ちだったら振るい落としてやるぞ、てことなのかなと思ったんだけど」

言われてみれば、兄はもともと偉そうな態度だが、凜一以外にああも直截《ちょくさい》に、見下すようなことを言うのはあまり見たことがない。

「……でも、小学生のころ、担任の先生の間違いを指摘して泣かせたことがあるから……」

「そうなの？　じゃあ本心なのかもしれないけど、だとしても、弟にはふさわしい結婚相手以外認めないってことでしょ」

「……そう、とも言える……かな？」

「弟をあんなに馬鹿馬鹿言ったり、ベータを差別するような人って好きにはなれないけどさ。やり方は間違えてるにしても、お兄さんなりに凜一さんのこと心配してるわけで、それってつまり、愛情があるってことだと思うんだ」

「──」

ずいぶん好意的な解釈だ。昔から兄を見てきた凜一にとっては、兄にあるのは愛情というより、呆れや苛立ちだろうと思うけれど。

「凜一さんのお兄さんだもん。ちょっと不器用なところがあるのかもなと思ったわけ」

「……兄は、器用な人だよ。運動も得意だ」

「お祖父さんに感情を見せるのは駄目って躾けられたなら、お兄さんもそのへんは下手でもおかしくないよね」

にこっ、と沖津は笑って、凜一のほうに身を寄せた。

「肉親だからって必ずしも仲がよくなきゃ駄目だとは思わないけど、あの感じだとお兄さんも凜一さんのこと大事に思ってる気がするんだ。諦めちゃうのはもったいないよ」

「——」

「せっかく婚姻届持っていったのに、出す間もなかったし、もうちょっと頑張ってみない？　初志貫徹で、お兄さんが凜一さんのこと心配しなくてもいいように」

「……きみの気持ちは嬉しいけど、これ以上迷惑はかけられないよ。軽率な計画だったと反省してる。結婚相手がいるふりなんかしても、実際無駄だったわけだし」

「本気で結婚するつもりだってわかったら、お兄さんだってまた態度が変わるかもしれないでしょ。俺は俄然《がぜん》やる気が出たもん」

「吉見くん——」

じわっと胃のあたりがあたたかくなって、凜一は俯いた。彼を見ていたら抱きつきたくなりそうだった。本当は寂しい、と言ってしまいたくなる。

兄に嫌われていたんだと知って、悔しくて、申し訳なくて、寂しい。一度も期待に応えられず、永遠に別れてしまうだろう未来が悲しい。

「——嬉しい、けどきみには、そこまでする義理はないよね。こんなに親身になってくれるなんて……」

「迷惑？」

「……ううん。ただ、どうしてここまでしてくれるのか、わからないから」

　カフェオレの入った真っ白なマグカップを見つめて呟くと、沖津はしばらく黙っていた。言葉を選ぶ気配がして、それから、優しい声が返ってくる。

「凜一さんに、後悔してほしくないからかな。俺は、後悔したから」

「……後悔？　吉見くんが？」

　あまり似つかわしくない単語に思えてちらりと窺うと、沖津は目を細めて頷いた。

「俺ねえ、養子なんだよね。家族で俺だけ、血がつながってないの」

「え……」

　咄嗟には信じられなかった。妹とも両親とも仲がよくて、愛情たっぷりに育ってきたようなことばかり話していたはずだ。

　沖津は「嘘みたいでしょ」と笑う。

「うちの家族、変だって言われるくらい仲いいんだ。俺が養子なのも隠さず教えてくれて、でも俺がいじけないですむくらい大事にしてもらってるし、俺もみんなのこと好きだし。たまに喧嘩だってする。でも、一個だけ、できないことがあって。——悪いことって、できないんだよね。たとえばテストでカンニングするとか、学校さぼるとか、道端にゴミ捨てるとか……そういうの、絶対駄目だって思ってたし、今も思ってる」

　どこか遠い目をした沖津の横顔は、いつもより寂しげに見えた。

「妹が近所でいたずらされかけた話はしたよね。俺そんとき頭にきて、相手のひとりに怒鳴って殴りかかって……中学あがったばっかりだったんだけど。そしたらさ、相手の親に、やっぱり養子だから乱暴だ、みたいなこと言われてさ」

「そんな……」

「いやおまえの息子のが最低だろって感じでしょ。両親はもちろん庇《かば》ってくれたけど、学校であいつキレたらしいって噂になっちゃって、けっこう孤立したんだよね。これ地毛なんだけど、まあ日本だと目立つし、そのへんも関係してたと思うけど」

笑って明るい色の髪をつまんでみせる沖津からは想像もできなかった。いつもほがらかで屈託がなくて、他人から好かれるのが当たり前に見えたから——子供のころからそうなんだと、無意識に思っていた。

「そのとき、ああこういう見方する人っているんだって知って。俺がなにかしたら、両親も妹も悪く言われかねないんだから、できるだけいい子でいないと駄目だなと思って、でも悔しくて。鬱憤がたまっていくの、たぶん親父《おやじ》もわかってたのかな。劇団のオーディション受けてみればってすすめられたの」

「劇団？」

予想外の流れに首をかしげると、沖津が小さく笑った。

「俺も『は？』って感じだった。意味わかんないと思ってたけど、劇団っていろんな人がいるし、俺の家族のことなんて誰も気にしないから、たしかに楽しかったんだよね。それに、演じてるときはその役になってるから、どんな感情も思いきり出せる。普段はできない怒るキャラとかもできるわけ。それが思ってたより、すごく爽快だった」

照れくさげに話す沖津に、胸がほのかに痛む。今の彼からは想像できないけれど——そのころの沖津は、たくさん我慢することがあったのだろう。演技で感情を表すのが爽快だ、と思うくらい。

「役もらえたら家族が見にきてくれて、面白かった、よかったって喜んでくれて、それもすごく嬉しかった。俺のことで迷惑かけるんじゃなくて、幸せになってもらえる気がしたからさ。家族だけじゃない、観たお客さんを幸せにできたら最高だなって」

「……うん」

沖津らしいなと思えた。彼なら、舞台の上でもきっときらきら眩しくて、人目を惹きつけるに違いない。

「で、真面目に頑張るようになって、友達もできて、演技するのも面白くて、将来役者になりたいなーとか単純に考えて成長した吉見くんはそのまま大学生になるんですけど」

コーヒーに口をつけた沖津は、表情を隠すように髪をかき上げた。

「恩師の先生にも出会って、演劇仲間もいっぱいできて、はじめは本当に充実してた」

「はじめ、は？」

「うん。よくある話で、役者としての壁っていうのかな。それでスランプになってね。アルファですってごい人とかいて、オーディションとか受けると選ばれるのは向こうだったりするわけ。ああ俺って持ってるもの少ないんだなあって思い知って――俺はね、家族にも友達にも、環境にも恵まれてると思う。思うのに、それがはたから見たらたいした価値がないっていうか……俺自身に価値があるわけじゃないんだって、身に染みたんだ。所詮はベータだもん」

「……所詮、だなんて」

「うん。今なら、俺もわかってるよ。第二性差なんか、たいして関係ないって普段は思ってる。妹がオメガで、いいことばっかりじゃないのも見てるから、安易にベータじゃないほうがよかったなんて絶対言えないしね。でもそのときはさ、まだ半分コドモだったから、悔しかったし寂しかった。運命のつがいだっていないし、約束された特別さなんてなにもない、どうせベータは『その他大勢』にしかなれないんだって思うと、しんどかった。——ほんとによくある話」

珍しく自嘲するような笑みを沖津が見せて、凜一は黙って首を横に振った。よくある話だとしても、悩みの重さにかかわりがあるわけじゃない。

(それに、吉見くんに価値がないなんて、そんなわけない)

価値でいうなら自分のほうがよっぽど低い。ベータならよかったと、それこそ安直に考えていたことが恥ずかしかった。

「恩師の先生に、一番になれないのがいやだって思うなら演劇なんか向いてないってすごい叱られて、二年間くらいはつらかったかな」

「二年、も?」

「そう、二年も。——そのあいだに、もうひとつ思い知ったことがあってさ。お芝居観にきてくれる人って、わりと固定されてるわけ。有名な大きい劇団がやる人気作なら別だけど、リピーターが多くて、世の中には一度も舞台なんか観たことないって人もいるんだよね」

「……そうだろうね」

凜一だって観たことはない。学校の授業で行ったことがあるくらいだ。

「当たり前のことなんだけど、観にきてもらえなかったら、幸せにすることも、喜ばせることもできないわけじゃん。それをもどかしく感じることが多くなって。恩師には自分がそんなに大それたことができるって思うほうが傲慢だとか言われたりもしたんだけど——進路考えたときに、俺はやっぱり、ひとりでも多く幸せにできたほうがいいなあって」

カップの中のコーヒーを、沖津は半分くらい一気に飲んだ。

「それでいろいろ考えて、コーヒー売ろうかな、と思いついたわけ」

「……どうして？」

「コーヒーは俺にとって大事な飲み物だから」

「……ああ、お父さんが、休日に淹れてくれたんだったね」

「覚えててくれた？」

にこっと嬉しそうにした沖津は、手にしたカップを大切そうに見つめる。

「親父に淹れ方教わって、恩師の先生にも淹れてあげたりしてたんだ。先生もコーヒーが好きで、沖津はちょっと生意気だけどコーヒー淹れるのはうまいねって……おいしそうに飲んでくれたから」

愛《いと》おしげな眼差しのまま、彼は凛一も見つめてきた。

「コーヒー苦手な人ももちろんいるけど、好きな人ならさ、飲んだ瞬間って、ちょっと幸せになるでしょ」

「——うん」

「お芝居観るお金は払えなくても、コーヒーなら週に一回飲んでもいいなって人もいる。それに、それぞれ好みがあるのが当たり前だから、俺のコーヒーは一番じゃなくていいって思えたんだ。七番目とか、二十三番目とか、そういうのでも全然よくて、ただ飲んだときにちょっといい気分になってもらえれば満足だなあって思えたから、決めたの。ひとりでも多くの人に幸せな時間を届けられるように、店も移動式にしようって」

「そうか……それで、キッチンカーなんだ」

最初に謝礼を払うと言ったとき、店が持ちたいわけじゃない、と言われたわけがわかって、凛一はため息を漏らした。

沖津はちゃんとすごい。大学生のころの凛一なんて、そんなに真面目に自分の将来を考えられなかった。とにかく祖父や兄にがっかりされないように必死なだけで——今思えばなんて頼りない、薄っぺらな努力だったのだろう。

「決心がついてから、恩師にも、一応就職していろいろ準備したらコーヒー屋になろうと思いますって伝えたんだけど」

カップを置いた沖津は、かわりにカウンターの端にある灰皿に触れた。最近では置いてあること自体が稀《まれ》な灰皿は、しばらく使われた形跡もない。

「今どき珍しくヘビースモーカーの先生でさ。いっつも煙草《たばこ》くわえてて、それが様になってて。かっこいいなって憧れてて、家族以外で本気で、大切にしたいって思った人だった」

懐かしむ口調で語られるその人が、凛一の目にも見えるようだった。沖津のことだからきっと懐いていて、その恩師の先生も彼を可愛がっていたのだろう。

「優しいタイプじゃないけど、俺が将来のこと相談したときだけは、自分で決めたことなら好きにしなさいって言ってくれたんだ。親とまったく同じこと言ってるっておかしくて……笑っちゃったけど、内心めちゃくちゃ嬉しかった。俺って周りの人に恵まれてるよなって感謝して、オープンしたら絶対飲んでくださいよって言ったのに、俺が大学卒業した次の年に、死んじゃったんだよね」

「………そうか」

ずきんと心臓が痛んだ。淡々とした沖津の声が、よけいに寂しく聞こえる。

「すごくひっそり亡くなってて、久しぶりに連絡取ったらつかまらなくて、大学まで行って。闘病して、半年前に亡くなりましたって言われたとき、いっぱい泣いたよ。もっと先生の特別になりたかったなって」

「……うん」

「先生には先生の考えがあって誰にも知らせなかったんだと思う。だからどうしようもないことだし、コーヒー飲んでもらえなかったのは誰のせいでもないんだけど、残念だったなあって今でも思うことはあるんだ。たぶん、どうしようもないことだからよけいに残念なのかも。努力のしようもなかったからさ。——だからね、頑張って回避できる後悔は、回避できるように努力したいんだよね。できることを後回しにして、やっておけばよかったたって悔しがりたくないいんだ。凜一さんにも、十年後とかにあのときああしておけばよかった、って思ってほしくない」

「……吉見くん」

「後悔ってすごい虚《むな》しいからさ。悔しくて、寂しくて、苦しいから」

うなじのあたりがさっと毛羽立つような感覚がした。ふいに記憶が蘇る。祖父の家に引っ越した日、古めかしい日本家屋の玄関にただよっていた、嗅ぎ慣れないよその家の匂い。ひんやりした床から這いのぼる不安。

八歳の自分は、今度は失敗しないようにしよう、と胸のうちで誓っていた。お父さんはいつも僕にため息をついてばかりだった。お祖父様のことは、あんなふうにがっかりさせないようにしなくちゃ――そう思いながら出てきた祖父を見上げたときの気持ちを、思い出す。

あの追い詰められたような心境は、きっと名前をつければ「後悔」だったのだろう。父に認めてほしかったのに、叶《かな》わなかったから。

沖津の気持ちをわかるなんてとても言えない。彼の苦しさや悲しみは彼だけのものだ。でも、できるなら過去に飛んでいって、沖津の手を握りたかった。手を握って、聞きたい。些細な気持ちのひとつひとつも、全部教えてほしい。

わずかでも沖津の心が安らぐように、ぴったり寄り添って一緒にいたい。

（僕は、なんにも知らなかった。勝手に友達になりたいって思って――自分の気持ちだけで、吉見くんのこと、なんにも知ろうとしてなかった）

「よけいなお節介だよね」

目をすがめて笑う沖津にたまらなくなって、凜一は彼の腕に手をかけた。きゅ、と控えめに袖を握る。嵐のように、胸の中がうるさかった。

（――好き）

「聞かせてくれて、嬉しい。きみは本当に……すごいと思う」

ちゃんと言葉を費やして伝えてくれた沖津に、こんなありきたりなことしか返せないのがもどかしい。

「僕は……全然、きみのことも知らなくて。兄のことも、巻き込んで迷惑をかけただけなのに……こうやって、優しくしてくれて、――その、嬉しい」

小学生だってきっともっとましなことが言える。全然足りない、と苦しくなって、凜一は俯いて袖を握り直した。

「吉見くんの、そういうところも、好きだ。……ずっと、眩しいと思ってた。僕にとっては、かけがえのない特別な人で……きみみたいに、なれたらって勝手に憧れて、自分勝手だった——けど、これからはもっとたくさん、吉見くんのことを知りたい」

今だけは、心の全部が余さず伝わればいい。知りたいのと同じくらい知ってほしい。どれくらい沖津に救われたか、半年間幸せだったか、どれほど好きか。

「……きみが、特別なんだ」

「ありがとう」

ぽすんと頭に手が乗って、耳を寝かせる向きに撫でてくれる。優しい、ゆっくりした手つきだった。まったく伝わっていない気がして、凜一は繰り返した。

「本気だ。もっと一緒にいて、ずっと話を聞きたいくらいなんだ。僕にできることはなんでもする……って前も言ったけど、あのときよりもっと、うまく言えないけど、そばにいられたらって——も、もちろん僕じゃ役に立たないけど」

「嬉しいよ」

なだめるように囁いた沖津が、顔を近づけた。

ちゅっと耳にキスされて、長い指が頬をすべる。ごく優しい仕草で顎を持ち上げられ、凜一はまばたきして沖津を見返した。

まただ。また、耳にキスしてもらえた。どさくさにまぎれて好きだと言ってしまったのに、うるさそうな顔ひとつしないで。

「帰ろうか。作戦も練りたいし、早く二人きりになりたくなっちゃった」

いたずらっぽく、けれど十分色っぽい表情で笑われて、頭の奥が痺れた。視界がちかちかするくらい、沖津が眩しく見える。太陽みたいだ、と思いながら、凜一は喘ぐように息をついた。

「ここから、なら、僕の家のほうが近い」

「――いいの？」

「うん」

どきどきと胸が高鳴るのは喜びのしるしだ。だって、凜一によくしてくれるのが過去の経験からくる親切心だとしても、そこに好意があることには変わりない。鬱陶しく思われるのでも、けむたがられるのでも嫌われるのでもなく――好意的に見てもらえている、と思うと、舞い上がらずにはいられなかった。

思い上がりたくない。でも、キスもして、抱きしめてくれて、セックスもしたのだから、沖津だって、好意のレベルは普通よりも少しは高いはずだ。凜一が抱いている、友愛か恋情か分けるのももどかしいような、好き、という気持ち。

同じ気持ちだから、耳にだってキスしてくれるんじゃないだろうか。耳なんて、唇にするより意味がない。性的な気持ちよさも、面白さも、必然性もないキスをするのは――愛情以外は、理由がないのではないか。

期待と喜びとでふらふらしながら、凜一は沖津の袖を引っ張った。

「か、帰ろう」


そんなに綺麗な部屋じゃないけど、と断って玄関のドアを開けた直後に後ろから抱きしめられて、息がとまりそうになる。

キスして、もつれあうようにベッドになだれ込んでのしかかられると、やっぱり、という期待で震えが走った。

嫌われてない。きっと、好かれている。

熱っぽいキスの余韻にうっとりして、凜一は服を脱がせにかかる沖津を見上げた。

「――吉見くん」

「うん？」

ベルトを外した沖津は、凜一を見るとかるくキスしてくれた。

「まだ怖い？」

「……ううん。ただ、」

きみに好きでいてもらえるのが嬉しくて、と言いたかったが、急に恥ずかしくなって、凜一は視線を逸らした。

好かれている、とは思う。こうしてベッドに入っているくらいだ。でも、「好きだよね」と確認するのはさすがに図々しい気がする。なんだか甘えているみたいだし。

「ただ、なに？　教えて？」

ちゅ、ちゅ、と下唇を吸いながら、沖津が促してくる。優しく胸を撫でられて、くすぐったさに「んっ」と喉が鳴った。

「吉見く……くすぐったい」

「教えてくれたらちゃんと触ってあげる」

爪の先が乳首をかすめて、今度は背筋がぞくりとした。遅れて乳首が疼いて、ため息が出る。嬉しいのと気持ちいいのが混じりあって、肌が過敏になっているようだった。円を描くように乳首の周りを撫でられ、鼻先にキスされて、凜一は口をひらいた。

「その……吉見くんが……す、好きなのは……」

「好きなのは？」

僕？　とは言えなくて身じろぎし、ちらりと視線を上げて沖津を窺う。無言で待っている彼のいたずらっぽい目の色が綺麗で、とろけそうな気分になった。

（駄目だ……すごく、好き）

好きなんだ、と深く納得するのは、目眩のするような喜びだった。好きになれてよかった。こんなにうずうずする、恥ずかしいのに幸せな感覚があるなんて、知れただけでも嬉しい。

「……好き、なのは、……えっと、どういう、人なのかなって」

照れまくって呟くと、おかしそうに沖津が笑った。

「そんなこと気にしてたの？」

「……だ、だって」

「んー、そうだな。好きなのは、すごく可愛い人かな」

「——可愛い、人」

瞬間、さぁっと、あんなに甘かった熱が引いた。

可愛い——なら、それは絶対自分じゃない。

顔立ちは冷たいし、性格だって可愛くない。表情は乏しく口下手で、背も低くない。半獣の要素だって、うさぎだったら可愛いかもしれないが、きつねは頭がよくて要領がいいイメージなのだと、凜一だって知っている。つまり自分にはなにひとつ、可愛い要素がないのだ。

露骨に固まってしまった凜一に、沖津が眉をひそめた。

「どうかした？」

「……なんでもない」

優しく顔を撫でられて、なぜ、と聞いてしまいたかった。

（可愛い人が好きなら、どうして僕とセックスしてくれるんだ？）

　全然好みじゃないはずなのに——親身になってくれる理由は、やっぱり彼の妹を助けたせいか。

（……それとも、僕が、好きって言ったせいか？）

　兄のことで落ち込んでいるから、突き放すのも悪いと思ったのかもしれない。あるいは——そう、真野にも恋人と電話していると勘違いされたくらいだから、以前から凜一の好意が伝わっていたとか。

　最初は本当に友達になりたかったはずだけれど、今となっては自信がない。

　いつから、そういうふうに好きだったのだろう？

あんなにどきどきして頭から沖津のことが離れなかったのが、恋だったからだと言われたら、否定できない。

　友情と恋愛の差もわからない凜一の態度が、沖津から見れば恋する人間のものだったとしても、全然おかしくない。

（吉見くんは、優しいから）

　最初のセックスも、今も、ただの優しさなのだろう。

「凜一さん、なんでそんなに悲しい顔なの」

　沖津が困ったようにキスしてくれる。

「いやだったらもう言わない」

「違う……いやじゃ、ない」

「ほんとに？」

「本当に」

　心配してくれる沖津の優しさがせつなかった。あやすように抱きしめられて、そうされれば気持ちよくて——好きなんだと、再度突きつけられる。

「……頑張ったら、僕も——可愛い、かな」

　ため息を零すと、沖津はそっと唇をついばんだ。

「頑張ったりしなくていいよ。凜一さんは、凜一さんらしくしてればいい」

「――」

それは、頑張っても可愛くなんかなれない、という意味だろうか。

黙ると、沖津は身体を起こして、凜一をうつ伏せに導いた。しおれた気分でなすがままになった凜一の、むき出しの尻から生えた尻尾の付け根のすぐ上をかるく叩く。

「っ……ん、……ぁ、」

叩かれると、腹の中に重い刺激が響いた。思わず腰をくねらせると、沖津はそこを揉んでくる。

「ここって半獣の人たちはみんな気持ちがよくなる場所なんだって。マッサージするから、リラックスしてね」

「ぁ……っ、く、……んっ」

びっ、びっ、と尻尾が跳ね上がった。ふっくらと大きな尻尾を毛並みに沿って撫でられ、高く上がった腰が勝手に揺れてしまう。後ろに尻を突き出す格好になって、そのくせ上半身にはまったく力が入らない。

尻尾の付け根が、こんなに弱い場所だなんて。

「今日疲れたと思うから、楽な体勢でしようね」

沖津は凜一の尻尾の付け根と、腰のあいだをノックするように刺激してくる。それだけでくたっと力が抜けた身体とは反対に、尻尾は背中側につくほど反り返って揺れた。

「は……ふ、ぁっ……」

尻尾の毛が背中を撫でるのがぞくぞくした快感を生んで、何度も尻が上下する。動くたび尻は高く差し出され、膝はだらしなくひらいて、凜一は力の入らない指先でシーツを摑んだ。

「……っ、あ……、……ぅ、んんっ」

　重たい痺れが心臓まで届いている。どんなに声を呑み込もうとしても、喉から溢れた。びくん、と大きく震えてしまえば、沖津が感嘆したような声をあげた。

「すごい、触ってないのに勃《た》っちゃったね」

「ッ、見、ないで」

　恥ずかしい。ひとりで欲情してねだるポーズを取って、それを全部沖津に見られている。ぎゅっとうずくまるように顔を枕に押しつけると、沖津は尻尾の下側に指をすべらせた。

「可愛いよ、袋のとこふるふるしてる。孔も、襞が動いて、触ってって言ってるみたい」

「――っ、は、んっ、あっ、あっ」

　くにゅくにゅ窄まりを揉まれて、身体が波打った。そこが指摘されたとおりはしたなく蠢くのがわかる。惨めで恥ずかしい――けれど、聞かずにはいられなかった。

「かわ、いい？」

「うん。ほしそうにしてくれて可愛い」

　指先が窄まりに押し当てられ、きゅっとそこがつぼまった。露骨な反応に、沖津はまた「可愛い」と囁いた。

「今濡らしてあげるね」

「――う、ん」

　聞き間違いじゃない。沖津は、可愛いと言ってくれた。自分のみっともない反応のどこが可愛いのかわからないけれど、ほかに縋るものもない。

　苦しい胸に、凜一は深く息を吸い込んだ。

「教えて……僕は、どうすればいい？」

　少しでも可愛く思ってほしかった。気に入ってほしい。悪くないと思ってほしい。首をひねって振り

向いた凜一に、沖津はやや困ったように首をかしげた。

「なにもしなくていいけど……ん、そうだね。じゃあ太もものあいだから手を出して――そうそう、こうやってお尻を、左右に引っ張って押さえておいて？」

指示されるとおりに股から両手を後ろに出して、窄まりが見えるように尻をひらく。ただでさえ不自然な体勢でつらいのに、羞恥が加わっていたたまれないけれど、「上手」と言われれば頑張るしかない。尻尾もきちんと背中側に倒して、穴にたっぷりジェルをまぶされる。

「んっ……ふ、んん……ぅ、っ」

「苦しい？　でもこうやってしっかり押さえてもらうと、お尻に力が入らないから、中がほぐれやすいんだ」

ちょっとだけ頑張ってね、と沖津が背中にキスしてくれる。気持ちよさにぱさりと尻尾を振った瞬間、ぬうっと指が入ってきた。

「――あ、……あ、……ッ」

ぴんと引っ張られて口を開けた孔の奥、内側の粘膜に指が埋まる。抵抗なく根元まで入った指に首筋まで震えが走った。

「中の襞、ぴたぴた吸いついて気持ちいいよ。すごくやわらかい」

指を遊ばせながら、沖津は何度も尻尾を撫でた。とん、と気持ちよくなってしまう腰の下を叩かれて、凜一は突っ張るように尻を上げた。

「ん――っ、は、あっ、ア、あぁっ」

体内では沖津の指が前立腺に触れてくる。掘り起こすように揉まれ、外側では尻尾の付け根の上を優しく叩かれて、すぐに腰の動きがとまらなくなった。

「あ……っ、ふ、……ぁっ、……あ、……ッ」

「うん、いい感じ。もう達きそうだよね」

「っう、んっ、く、……いく、……でるっ……」

尻を押さえる手が汗で湿っていた。凜一の動きにあわせて沖津の指が出し入れされて、ちゅぽちゅぽ音がしている。焦らすように一度抜けていった指が、二本揃ってまた入ってきて、強烈に感じる場所を押し上げる。

「――ッ、ぅ、ん……っ」

どろりと精液が溢れた。沖津が中を揉むのにあわせ、とろっ、ぴゅく、と溢れては垂れていく。少しずつお漏らししてしまうのをとめられないような感覚だった。

「あっ……漏れ、ちゃ……ッ、あ……ッ」

「嬉しい。もうお尻だけで達けるようになったね」

荒い息をついてくずれるように突っ伏した凜一の身体を、沖津は優しく撫でた。無抵抗な腰を摑み、綻んだ窄まりを親指でいじる。

「凜一さんは、ここも頑張り屋さんだね――可愛い」

「ん、……っ、かわ、い……？」

だるい腰を高く持ち上げられるのがつらい。それでも「可愛い」という単語を聞くと、なんでもできる気がした。同時に、胸の奥は締めつけられたように苦しい。

可愛いと言ってくれるのも沖津の優しさだ。自分の可愛くなさは百も承知だし、もし可愛かったとしてもこの醜態は絶対可愛くない。お世辞であり、思いやりのある嘘なのだ。

（……でも、僕は、吉見くんが好き、だ）

好かれていない、と戒めるたびに、却って自分の気持ちがはっきりしていく。

沖津にどう思われていても、凜一は、好きなのだ。

（――……友達に、なりたい）

「ゆるんでるから大丈夫だと思うけど、つらかったら言って」

初めてのときと同じくいたわってくれる沖津の性器があてがわれ、凛一は目を閉じた。この体位だと抱きしめあえない。でも、顔は見られなくてすむ――寂しさと安堵《あんど》が半々でそう思った直後、熱い塊が腹を貫いた。

「――ッ、ひ、……、あ……ッ」

なめらかに、抵抗もなく入ってきたにもかかわらず、このあいだよりも痛みを感じた。太くて大きい沖津のものが侵入するのがはっきりわかる。ゆるんでいても決して広くはない粘膜をかき分けていく、こすれる感触まで生々しく響き、身体が不規則に波打つ。

「あ……ッ、くぅっ……、は、……ッ」

「ん……上手。前より奥まで入ってるよ。ちょっと苦しい？　慣れるまでゆっくりするからね」

「は……っ、あ、……んッ」

揺すり上げるように前後され、指先まで痺れた。沖津は奥に入れたところで動きをとめ、尻尾を扱き上げてくる。愛撫される心地よさが尻尾を伝って腰まで広がり、あえかなため息が出た。つられてこわばりがほどけたのを見計らい、沖津はまたゆっくり揺すった。

「は……っ、ぁ、……ん……っ」

じっくり突き上げられ、苦しい痛みの奥から快感が湧《わ》いてくる。前回、沖津が教え込んでくれた快感。もう一度揺すられれば気持ちよさがさざ波のように肌を這い、尻尾がきつく横に倒れた。メスがオスに挿入をせがむ動きだ。

「ほしがってくれて嬉しいけど、もうちょっと我慢して。こことんとんしてあげるから、もっととろとろになってね」

何度も持ち上がっては倒れる尻尾を撫でてくれた沖津は、また付け根の上に触れた。ノックするように指先で叩かれ、凜一は胸をシーツにこすりつけて悶えた。

「っそれ、もっ……だめ、……あっ、あっ」

「出ちゃいそう？　好きなときに達っていいから、我慢しないで」

「っん、……あっ、——ぁ、ああっ」

焦れったいほどゆっくり突き上げて動きをとめられ、凜一は射精した。量は出ない。垂れ終わっても快感だけが長く続いて、沖津をくわえこんだ尻がびくびく動いてしまう。喘ぎと荒い息を零す口の端から唾液が流れて、うつ伏せでよかった、と頭の片隅で思う。

すごく惨めな顔をしているはずだ。見られないから、幻滅されないからよかった。自分ばかり何度も達するのだって、ものすごくみっともないけれど。

（……友達に、してもらうんだ）

「……吉、見くん、も」

硬くて大きい沖津の分身を感じながら、凜一は必死で尻を後ろに突き出した。

「き、もちよく、なって……っ」

「嬉しいな、凜一さんからそんなふうに言ってくれるなんて」

たっぷり甘い声で笑って、沖津が身体を倒した。凜一の背中を覆うように重なって、シーツを握った手を上から包む。

ふわっ、とあたたかい匂いが鼻をかすめた。沖津の匂いだ。陽だまりみたいに懐かしい、ぬくもりのある匂い。

「動くよ」

「う、ん……ッ、――っア、あ、……あぁッ」

抱きしめられているみたいだ、とうっとりしかけたところをずぶりと串刺しにされ、熱が腹の奥ではじけた。

「〜〜ッ、あ……ッ、ん、……あ、ぁあッ」

「奥のほう気持ちいい？　締めつけてる」

さっきより速い、けれど乱暴ではないスピードで穿ちながら、沖津が耳をくわえた。

「二回目なのにいっぱい頑張ってくれてて、すごい上手」

「あッ、あ……っ、あぁ……んッ、あ、あッ」

「声も我慢できなくなっちゃったね。――可愛い」

甘噛みと一緒に囁かれ、きゅうっと身体の芯が竦んだ。目の奥、意識の真ん中がちかちかする。熱い沖津の性器は、奥に刻みつけるように何度も穿ってくる。お漏らしする直前のあの感覚が、襲ってくる。

「太ももぶるぶるしちゃってる。達くの我慢しないで」

「……っ、あ、……っ、……ッ」

背中を波打たせて再び達し、薄い精液が糸を引いた。小刻みに痙攣する内部を、沖津は容赦なく攻めたてた。ゆるんでは締まるのを繰り返す粘膜がかき分けられ、突かれる奥が爛れたように疼く。

「っ、ん、もうっ、……あっ、……ッ、あ、ぁあッ」

息がうまくできなかった。苦しくてどうにかなりそうなのに、ピストンされるとまた達する。達したはずみに窄まりで強く沖津を締めつけてしまい、ほとんど悲鳴のような声が漏れた。

「――っひ、……、ん……ッ」

「いっぱい達っちゃうね。気持ちいいよね」

ぐちゅぐちゅ音をたてる孔を休みなく行き来しな

がら、沖津の声は優しかった。

「俺ももう達きそう。凜一さん、もう一回達ってくれる？」

「っ、……、く、……いく、……いく……ッ」

ほとんど無意識のうちに答えたけれど、もう一度どころか、ずっと達している気がした。長く長く続くお漏らしの感覚に絶え間なく神経が刺激され、沖津の切っ先が突き上げる奥の部分はたまらなく熱い。ひらききった窄まりの襞は感覚をなくしたようで、そのくせ、太い沖津の性器のかたちはくっきり伝わってくる。

「い、……く、……ぅ……っ」

「うん、一緒に達こうね。ありがと」

ちろちろと耳を舐めてくれた沖津が、ぐっと突き入れた。痛みとも快感ともつかない強い刺激に仰け反る凜一を抱きしめ、二度、三度と深く穿つ。

「——ッ、あ、……っ、……！」

一瞬、なにもわからなくなった。視界も意識も真っ白になり、絶頂に追い上げられて震えた凜一の中で、沖津はゆっくり行き来して吐精したようだった。

気づいたときには凜一は脱力して横たわっていて、沖津が腕枕をして抱きしめてくれていた。ぬくぬくした沖津の匂いが、凜一を包み込んでいる。

「大丈夫？　思いきり達っちゃったみたいで、ぼうっとしてたけど」

唇を吸われて、凜一は目を伏せた。まだ耳鳴りがする。——恥ずかしい。

おかしくなるくらい気持ちよかった。肌はまだ落ち着かない感じがして、首の下の沖津の硬い腕の感触に、心臓がどきどきしている。

（……好き、だからなんだろうな）

沖津のほうは凜一のことなど好きじゃないのに——恋愛相手だとは思っていないのに、自分だけこんなに昂《たかぶ》って、盛り上がってしまった。

恋愛の「好き」はやめるんだ、と凜一は内心で言い聞かせた。沖津が好意を持ってくれているうちに、これ以上迷惑をかけないようにする。

だって、友達にしてほしい。

恋人じゃなくていい。そばにいて、少しでも多く彼のことを知りたい。友達にしてもらえたら、ほかになにもいらないから。

「ねえ凜一さん」

髪を梳いた沖津が、そこに唇を押し当てた。

「俺たち、同棲しようか」

「——同棲？」

「一緒に住んだほうが、二人でいられる時間が長いでしょ」

なんでもないことのようにさらりと言われて、凜一は数秒黙ったあと、慌てて首を振った。

「駄目だ。一緒に暮らすのは……そんなこと」

それでは恋人か家族みたいではないか。

「できない？」

笑み混じりに確認されて頷くと、沖津は「やっぱり駄目か」と目を細めた。

「お兄さんにも誠意が伝わるかと思ったんだけどな。せめて、週末だけでもお互いの家で過ごすのはどう？」

子供にするような手つきできつね耳を撫でた沖津が額をくっつけてきて、凜一は胸に痛みを覚えた。尽くしてくれなくていいのに。凜一を突き放したって、沖津を咎める人はいない。

兄とのことは、本当なら自分ひとりで解決すべきことだ。沖津に頼ったこと自体が間違いだった。気持ちは嬉しい、でももういい、と断るのが正しいのかもしれない。断ったほうが、凜一もこれ以上失態をおかさなくてすむし、迷惑をかける心配もない。

けれど。

(……友達になりたいんだ)

沖津とこれきり会えない仲になりたくない。後悔した、と言った喫茶店での沖津の顔を思い出すと、悲しいのとせつないのがいっしょくたになって身体を貫く。

そばにいたい。知りたい。手を離したくない。

「週末、くらいなら……」

押し出すようにそう言った凜一に、沖津はひどく嬉しそうにした。

「やった、ありがとう凜一さん」

弾んだ沖津の声に、自己嫌悪が募る。そこまでしてくれなくてもいいよ、と上手に断って友達になるのだって、できる人にはできるのだろう。

自分が不器用なばかりに、厚意に甘えることになってしまうのが申し訳なかった。

(せめてこれ以上勘違いはしないようにしよう)

兄のために恋人のふりを続けても、優しさを勘違いして恋を募らせないよう気をつけるしかない。

もう二度と、失敗はしたくなかった。

4

緊張して迎えた翌週の週末は、沖津がまた外出に誘ってくれた。

「先週、やりすぎちゃったみたいだからさ」

沖津の住んでいる街から三十分ほどの、郊外型の大きなショッピングモールにレンタカーで向かいながら、沖津は苦笑といたずらっぽい笑みを混ぜたような顔をした。

「凜一さん、熱出ちゃったもんね」

「……ごめん。僕が軟弱なばかりに……」

そう。兄と会って玉砕したあの日の翌日、凜一は熱を出したのだった。

たぶん、知恵熱だったのだと思う。兄に嫌われていたと思い知った悲しさ、沖津に対しての溢れるほどの好ましさと、それが報われないと知った落胆、翻弄されるセックス。感情の波が激しすぎて、身体がついていかなかった。

「謝るのは俺のほうでしょ。てことで、今日はのんびりデートね」

赤信号で車を停めた沖津が運転席から身を乗り出して、凜一は反射的にびくりとした。キスされると思ったのだ。

キスは困る。もうやめてほしい、と言おうとすると、沖津が小さく苦笑した。

「そんなに怯えないで。なにもしないから」

「……吉見、くん」

「ゆっくり、のんびりね」

そっと手を伸ばした沖津がぽんぽん頭を撫でてくれて、凜一は申し訳ない気持ちになった。自分がしっかりしていないせいで、沖津のほうが年下なのに、いつも気遣わせてしまっている。ちゃんと頼もう、と肚《はら》をくくって、アクセルを踏んだ沖津のほうを見る。

「本当は、ずっと、友達になりたかったんだ」

「友達？　俺と？」

「そう、きみと。——僕は人生で一度も、友達がいたことがない。祖父が、友達なんか作るものじゃないと言ったからだ。共感されたり手助けされたりする人間じゃなく、畏怖される存在になれと教えられて……親しい人は、誰もいないんだ」

「なるほど。それで、俺が一番親しい人間だって言ってたんだ」

「うん。……頼みごとをする前から、友達になれたらいいなと思ってた。昔から友達は憧れだったんだ。いたらどんな感じなんだろうって。だから、きみがいつも声をかけてくれるのも、嬉しかった。無理なのはわかっていたけど、友達になってもらえたら嬉しいだろうなって……」

「そっか。だから最初のデートのときも、友達みたいとか言ってくれてたんだ」

ちらりとこちらを見て、沖津は優しい笑みを浮かべた。

「凛一さんにとっては、友達ってすごく特別なものなんだね」

「……いたことが、ない、から。きみが初めてで」

「嬉しいなあ。じゃあまず、思いっきり友達しよっか」

「……い、いの？」

沖津なら、喜んで友達になろうと言ってくれる気はしていたけれど、実際に言われると心臓がどきどきした。もちろん、と言ってくれる表情は楽しげだった。

「大親友になろうよ」

「……あ、――ありが、とう」

きゅうんと胸が痛んで、凛一は熱くなってしまった目元を押さえて前を向いた。嬉しい。大親友、だなんて、普通の人でもなかなかいないはずだ。

今この瞬間、自分は友達の運転で、休日にショッピングモールに向かっているんだ、と思うと、気持ちが浮き立ってくる。到着するのが待ちきれないくらいわくわくする。なにしろ、友達がいるのはもちろん、ショッピングモールに行くのも初めてなのだ。

あいにくの小雨が降る中、ショッピングモールに着くと、まずはフードコートに向かった。いろんな飲食店がぐるりと取り囲んだ広いスペースにはたくさんテーブルが並んでいて、初めて見る凜一には新鮮だった。好きなものを好きな店で買って、共通スペースで食べられるのだという。沖津はハンバーガーと飲み物のセットを、凜一はうどんを頼んで、丸いテーブルにつく。

「初めてだと思ったけど、そういえば、アメリカで一度だけ行ったことがあるな」

「アメリカにもあると思うけど、地元のホームセンターとかにも普通にあるよね、フードコート」

「ホームセンターは行ったことがない」

「行ったことないの!?」

目を丸くした沖津は、大きなハンバーガーを手にしてしみじみ言った。

「このあいだお兄さんと話したときにも思ったけど、凜一さんてすごいいいとこのおぼっちゃんなんだね」

「そうなのかな……長く続いてる家ではあるけど、僕みたいな落ちこぼれだと窮屈だ。僕だけ、こんな銀色だし」

「ああ、お兄さん、普通のきつね色だったもんね。——どの立場でも、しんどいことってあるよね」

さらっとまとめた沖津は、凜一の耳を眺めてにこっと笑う。

「でも俺、銀色の毛並み、綺麗ですごく好き」

「——ありがとう」

沖津に褒められるのはじんわり染み入る嬉しさだった。銀色の耳や尻尾は、色だけなら綺麗だと言われたことはある。でも、そのときは全然嬉しくなかった。自分でちょっと耳を撫で、生まれて初めて、よかった、と思う。

友達が好きと言ってくれる色で、よかった。

のんびり食事をしたあとは、二人でお揃いのパジャマと、沖津の家に置いておく凜一用の歯ブラシを買った。食器も使うからといくつか買い足してから、沖津は「次はこっちね」と手を引いた。

連れていかれたのは合鍵を作るサービスカウンターで、沖津は事前に頼んでいたという鍵を受け取ると、凜一に渡してくれた。

「これ、うちの鍵」

「……吉見くんの家って、」

「合鍵ないと、お互いなにか用事で帰る時間があわなかったとき困るでしょ。遠慮しないで使ってね」

手のひらに乗せられた真新しい銀色をした鍵を、凜一はじっと見つめた。せつないような、嬉しいような気持ちがゆっくり込み上げてくる。

「……もらって、いいの？」

「もちろん」

声と一緒に肩を抱き寄せられ、凜一は顔を伏せた。眉間のあたりがぼうっとあたたかい。

合鍵なんて、信頼している相手じゃなければ渡せない。沖津とそういう間柄なのだ、と思えば、モール中の人に自慢したいくらい嬉しかった。

大切にポケットにしまうと、沖津は褒めるように背中を撫でてくれた。

「一休みしよっか、凜一さん」

「うん」

こくっ、と素直に頷いて、沖津と並んで歩く。休日のショッピングモールを行きかう人たちは、みんなそれぞれに幸せそうだ。モールの建物は四つに分かれていて、真ん中は広い庭になっている。出てみると、雨は上がって淡い陽《ひ》が射していた。

凜一がホットレモネードを、沖津がコーヒーとクレープを頼んでガーデンテーブルにつくと、沖津は椅子を隣同士にくっつけた。

「凜一さん、クレープ食べたことある?」

「……ない」

「やっぱり。じゃ、味見してみなよ」

チョコレートと生クリームがたっぷりのクレープを口元に差し出され、凜一はちょっとだけ迷って口を開けた。鼻にクリームがつかないよう、注意して控えめにかぶりつく。

「……生地、もちもちしてるんだね」

「けっこうおいしいよね。俺大学生のときはクレープ屋でバイトしたことあるんだ」

沖津のほうは豪快に嚙みつくと、「あ、いちご出てきた」と嬉しそうに言った。

「いちごのとこも食べなよ。ちょっとすっぱいのがおいしいよ」

聞いただけでおいしそうで、今度はもうちょっとだけ大胆に口に入れる。酸味のあるいちごが甘い生クリームとチョコレートソースにあっていて、たしかに美味だ。おいしい、と呟けば、沖津が微笑ましげに目を細めた。

「ほっぺについちゃったね。拭いたげる」

「ん——、……ありがとう」

自分でやる、と断るより早く紙ナプキンで丁寧に拭かれて、これでは友人ではなくて世話を焼かれる子供だなと思ったが、全然、悪い気はしなかった。

誰かに優しく顔を拭いてもらうのも、初めての経験だ。

沖津は残りのクレープを食べながら、薄日が漏れてくる灰色の空を見上げる。

「もう冬だね」

「……うん」

「こう寒いと、鍋とか食べたくなるよね。あと、焼き芋とか」

「鍋は食べたことあるけど、焼き芋はないな」

祖父がサツマイモは軟弱な食べ物だと嫌っていたので、家で食卓に上がったこともない。サツマイモのなにが軟弱なのかはよくわからないまま、独り立ちしてからも食べたことがなかった。

「焼き芋もないの？　凜一さん、食べたことないものの多すぎじゃない？」

信じられないように凜一を見た沖津は、すぐに楽しげな笑顔になる。

「じゃ、これからいっぱい二人で、初めてのもの食べようね」

「……うん」

さわっと優しい風が身体の中を通り抜けた。冬なのに、春が来たようにあたたかくて、なのに少し苦しくて、凜一はレモネードの紙カップを両手で包んだ。飲みたい、のに飲めない。胸になにかが満ちていて、今にも溢れそうだった。

すぐそばを双子らしい子供たちが走り抜けていく。待って、と追いかけるのはアルファのお父さんで、後ろから優しげなオメガの青年が見守っていた。隣のテーブルでは年配のご夫婦が仲よくソフトクリームを食べていて、どこかから笑い声が響く。

広場を囲むように植えられた紅葉の濃い赤も、タイル舗装の道が雨で光っているのも、楽しそうな人々の笑顔も眩しい。雨の匂いの残る空気は冷たいが、おかげでいっそう、景色の色鮮やかさが際立っている。

世界は、こんなに美しかっただろうか。

「綺麗、だね」

ぽつんと零すと、沖津は凜一の顔と視線の先とを見比べた。

「どれ？」

「──全部」

「全部？」

やや不思議そうに振り返った沖津の表情が、凜一を見てふんわりとなごむ。

「……うん。綺麗だね」

鉄製のガーデンチェアの肘掛けごし、ぎゅっと凜一を抱き寄せた沖津は、愛おしそうに頭を押しつけた。

「凜一さんも、すごく幸せな顔してる」

「そ……そう、かな」

「うん。耳も気持ちよさそう。……春になったら、桜が綺麗なところに見にいこうね」

「──うん」

「たまには、晩飯も食べて帰ろっか。映画とか観て」

「うん」

沖津のぬくもりが伝わってきて目を閉じると、まるで日向にいるみたいだった。沖津からはやっぱり、あたたかくて気持ちのいい匂いがする。

「来週は？　凜一さん、どこか行ってみたいところとか、やってみたいことある？」

「じゃあ……鳥が見られるところ」

「オッケー、探してみるね」

沖津の声が耳をやんわりくすぐる。こんなに、と凜一はため息をつきそうになった。

こんなに、幸せでいいんだろうか。

(吉見くんの言うとおり、大親友、だ)

休日に一緒に買い物をして、来週の計画を立てて、

春の約束もして。綺麗だなんて呟いても、そうだねと言ってもらえて、食べ物も気持ちも分け合って。

これ以上の幸福はきっとない。

幸せすぎて目の奥がじんとして、凜一は急いでレモネードを飲んだ。ほどよい温度に冷めたそれをごくごく二口飲んで、思わず顔をしかめる。

「……すっぱい……」

「そっか、先にクレープ食べちゃったから――」

凜一の顔を見た沖津は、そこで耐えかねたように噴き出した。

「あははっ、凜一さん、そんなにすっぱかった？しょんぼりして……っ、そういう顔初めて見た……っ」

「――そんなに笑わなくても……」

我慢できないらしく笑い転げる沖津をうらめしく見やると、彼は「ごめんごめん」と謝って、コーヒーを差し出した。

「コーヒー飲んで口直ししたら、残りはすっぱくなく飲めると思うよ」

「……ありがとう」

謝ったのに、沖津の口元はまだ笑っている。笑い上戸にしても笑いすぎだと拗ねかけて、凜一もふっとおかしいような気持ちになった。

クレープを食べてレモネードを飲んで、すっぱくてびっくりする休日は、すごく楽しい気がする。

沖津が作ってくれるのより香りの薄いコーヒーを一口飲んで、こういうのも悪くないな、と思うことにした。

（だって、すごく友達っぽい）

いつも楽しげに笑っていた同級生たちみたいに、沖津が凜一の隣で笑ってくれるのは嬉しい。これなら、恋人より友達のほうがずっとずっといい。

「コーヒー、吉見くんのやつのほうがずっとおいしい」

口元をゆるめてカップを返すと、沖津は一瞬目を見張り、それからぱあっと破顔した。

「ありがと、凜一さん」

翌週の金曜日、凜一は資料室の中にある机の前で、ひとり尻尾を振っていた。

大量に並んだ退屈な議事録を日付順に揃える単純作業までが楽しい。

週末はお互いの家を行き来する、と決めてから二度目の週末がやってくる。アクセスが楽だからという理由で、今日も凜一が沖津の部屋に泊まらせてもらうことになっていた。仕事が終わったら彼の部屋に行くのだ。先週作ってもらった合鍵を使えるかもしれないし、それに明日は。

明日は、ちょっと遠出してバードパークまで行く予定なのだ。さまざまな種類の鳥たちを見られるだけでなく、餌《えさ》をあげたり手にとまらせたり、触れあうこともできるらしい。

「ふくろう、フラミンゴ、オウムにインコ♪」

慣れない鼻歌を歌ってしまうくらい、凜一は浮かれていた。

友達がいるって素晴らしい。

自分がまったく沖津の好みではない、とわかったときは絶望的な気分だったけれど、恋を諦めてしまえば、沖津の優しさは以前と変わらず、一緒に過ごすのはとても心地よかった。最近ではコーヒーを買いにいくと、ほんのり甘さの滲む笑みを見せてくれるのも嬉しい。ほかの客には見せない、凜一と二人だけのときによくする表情だ。

(やっぱり、恋人としてはタイプじゃなくても、嫌われてはいないんだ)

大親友になろう、と言ってくれた車での表情を思い出すだけで、じたばたしたいほど嬉しくなる。沖津が自分を好きでいてくれているという事実は、なににも勝る幸福だった。

機械のように淡々とこなしていた仕事さえ、楽しくてなんだかうきうきする。

立ったままてきぱきと書類を整えてファイルし終え、元の場所に戻そうと向きを変えたとき、資料室のドアがノックされた。

「――はい?」

ここを訪ねてくる職員などほとんどいない。資料室は最初の印象どおり、実質物置なので、誰も用がないのだ。

ドアが開くと、見覚えのある男性が入ってきた。背が高く、落ち着いた誠実そうな雰囲気で、年齢は三十代半ばくらい。たしか真野と同じチームの人だ。

「きみがここを管理している人?」

外見にふさわしい、穏やかで深みのある声をしている。東桜路という名前だった、と思い出して、凜一は頷いた。

「そうですが」

例の、恋に効くと噂の弁当屋を切り盛りするオメガの、旦那さんだ。まさか真野からなにか聞いたのだろうかと身構えたが、東桜路は並んだスチール棚を指差した。

「ここは、見てもかまわないのかな」

「かまいませんが、なにをお探しですか」

「古い資料が見たい。熊野《くまの》氏の実験データがあるとすればここだろうと所長が教えてくれたから」

「ああ」

ほっとして、凜一は頷いた。

「ランドルフ熊野博士でしょうか。八十年ほど前の」

「そうだ。よく知っているね」

東桜路は精悍《せいかん》な顔を綻ばせた。

「彼のデータや実験ノートを、参考に見てみたいんだが」

「でしたら、奥のボックスの中にあるので、出してきます」

夏ごろに見つけた資料で、あまりに古いので、年代順に整理するときにわかりやすいようにと、よけておいたのだ。

並んだスチール棚に向かうと、東桜路はついてきた。

「助かるよ。合併前の研究者だから、主なデータ以外はクラウドに保存されていなくて。……たしか、蘇芳くんだったね」

「はい。――東桜路さんですよね」

奥にある棚の一番下、前時代的な書類ボックスを引っ張り出すと、東桜路は「持つよ」と受け取ってくれた。凜一のデスクのある場所まで戻って、蓋《ふた》を開けて確かめる。

今ではすっかり見かけなくなった紙のノートを手に取った東桜路は、「ああ、この中にありそうだ」とほっとした声を出した。

「このあたりは全部頓挫した研究のものだし、本社の管理部に聞いてもあるかどうかわからないと言われたから、探すのに手間取ると思ってたんだが、助かるよ」

「いえ……まだ整理できているわけではないので」

「きみは研究職じゃないんだろう？　なのに名前も覚えていたし、場所も覚えていたなんてすごいね。真野からついに資料室の片付け人員が来たとは聞いていたんだが、やっぱりこうした資料の保存や整理が専門なのかな」

他意のない純粋な目を向けられて、凜一はいたたまれない気分で首を横に振った。

「いえ、特には。……この資料室は、普段は使う人もいないような古い、重要度の低いものがほとんどなので」

「そうなのか。でも、整理はしてもらえると助かる。私みたいにある日突然、一から考え直したいと思い立って、過去の研究を知りたくなる人間だって、また百年後にいるかもしれないからね」

手元のノートに視線を落とした東桜路は何ページかめくって頷くと、大切そうに箱に戻した。

「これは借りていってもいいかな」

「ネットワークに貸し出しの申請フォームがあるので、名前を記入してください」

「わかった。ほかにも見たいものが出てくるかもしれないから、また頼むよ」

箱を抱えて出て行く東桜路を見送って、凜一は頬を押さえた。

「助かる、だって」

いくら真面目に働いても、左遷で回された閑職で、人の役に立てるわけではないと思っていただけに、ほんの一言でも感謝されたことが嬉しかった。

それに、なんだかすごく普通に会話できた気がする。東桜路がフラットに話しかけてくれたからかもしれないが、以前だったら軽んじられていると感じて、もっと硬い声しか出せなかった。

それが今日は、緊張することも、身構えることもほとんどなかった。

沖津とよく話すようになったから、会話に慣れたのかもしれない。

凜一は閉まったドアをそっと開けた。当然、東桜路の姿はもうない。無人の廊下は静かで、逡巡《しゅんじゅん》した挙句に階段に出た。大きな窓から広場に停まった深緑色のキッチンカーを見下ろす。

初冬の日差しが弱くあたりを照らしていた。車の中にいる沖津は見えない。けれど、ちょうどひとりの客がコーヒーを受け取るところで、振り返ると以前も見かけた若いオメガだった。社員証が首から下がっているから、近くで働いているのだろう。待っていた女性の手にもコーヒーがあって、二人は笑いあいながら立ち去っていく。二人の明るい表情が印象的で、見送る沖津も穏やかないい顔をしているのだろう、と想像がついた。

(——会いたい)

沖津がどんな顔をしているかは簡単に思い描ける。昨日だってコーヒーは買った。でも、会いたい。

職場の人に声をかけられて、助かる、と言ってもらえて、半年以上黙々とやってきたことが決して無駄ではなかったと思えて嬉しかったと伝えたら、沖津はきっと微笑んでくれる。凜一以上に喜んでくれて、よかったねと言ってくれて——そうしたら二倍も三倍も、幸せな気持ちになるに違いなかった。

会いたい。

好きだなあ、と噛みしめてガラスに額をくっつけ、凜一は階段を駆け下りていきたい衝動を抑えた。

夜でいい。どうせ今行っても、沖津も仕事中だから長くは話せない。それよりゆっくり食事をしながら話をしたほうが、きっと楽しい。

明日だってある、と思うと、指先まで期待が満ちていくようだった。ふくろうもオウムもみんな可愛いに違いない。バードパークに着くまでのドライブだって楽しいに決まっている。大好きな友達との、楽しい週末。

よし、と気合いを入れて窓を離れ、凜一はいい気分で資料室に戻った。熊野博士の名前が入った資料はあのボックスの分だけだったと思うが、彼のチームにいた別の人の実験ノートがほかにあったはずだ。必要ないかもしれないけれど、探して東桜路に届けてみよう。

ついでに、整理方法になにか希望がないか聞いてみるのもいい。

仕事も楽しい、と思えることが、なにより嬉しかった。

「えっ、すごいよ！　俺だったらちょっと見た名前なんかすぐ忘れるもん、それは感謝されるよ！　よかったね」

凜一の予想どおり、沖津は大仰なくらい驚いて喜んでくれた。唐揚げを咀嚼しつつ、凜一は照れて耳を上下させた。

「午後に、これも参考になるかもしれないと思った資料を持っていったら、喜んでもらえた。よけいなことをすると鬱陶しく思われないか心配だったけど、東桜路さんはすごく嬉しそうだったし……真野さんも気がきくねって褒めてくれた」

「すごい、大進歩じゃない？」

頷きながら聞いてくれた沖津は得意げに胸を張る。

「俺が言ったとおり、やっぱり見る人は見てたんだと思うな。凜一さん、全然ちゃんと仕事できてるじゃん」

感謝されたと言ってもささやかなことなのに、沖津は自分のことのようにきらきらした表情だった。夜の室内でも太陽を思わせる、金色が似合う笑顔だ。

「吉見くんのおかげだよ」

「俺の？」

全然わかっていない顔で首をかしげるだけでも眩しい。ブロッコリーと卵のサラダを口に運んで、凜一は照れて斜めに視線をずらした。

「きみと、いっぱい話すようになってから、職場の人とも話しやすくなったから」

「あー……それはあるかも。凜一さん、前より見た目からして優しい感じが出てるもん。職場の人も話しかけやすいだろうなあ」

「いや……僕が言ったのは、僕のほうが、話すときに身構えなくなったっていうことだけど」

「え、前は凜一さんから話しかけるのも苦手だったんだ？」

「苦手というより、ほとんどしたことがなかった。——弱みを見せそうで、怖かったから」

「そっか」

ふっと沖津が微笑むのが、直視していなくてもわかった。

「ちょっとは怖くなくなった？」

「たぶん」

怖くなくなったというより、怖いかどうか考えることがなくなった。

それは凜一にとっては、ありえないくらいの変化だった。他人と向かいあってなにも考えないなんて、たぶん一生に一回もなかった。

「吉見くんのおかげだよ、やっぱり。……ありがとう」

「役に立ててよかった」

静かな声で応えてくれる沖津の雰囲気が甘い。さわっとうなじがくすぐったくなって、凜一は慌てて横を向いた。

「それで――」

週明けには兄に連絡を取るよと、伝えるつもりだった。この満ち足りた気分なら、もう一度兄に会って、同じように嫌われても、前より耐えられる気がする。兄が病気なのはゆるぎない現実で、おそらく時間があまり残されていないことにはかわりがない。沖津が励ましてくれたように、後悔しないために、次はもっと兄への気持ちも伝えられるように努力したかった。

兄に、と言いかけたところで、沖津の電話が鳴った。画面を確認した沖津は珍しくかるく眉を寄せた。

「ごめん、先に電話出ちゃっていい？」

「もちろん」

頷くと、沖津は凜一に背を向けた。

「どうした？　霜月《しもつき》」

友達のようだ。聞こえないようにだろう、玄関に向かう彼を見送って、凜一は残った唐揚げを口に運んだ。最後に味噌《みそ》汁を飲み干して、ごちそうさまでした、と頭を下げる。やや忙《せわ》しなく戻ってきた沖津は、壁のラックにかけていた上着を手にした。

「急用できちゃって、ちょっとだけ出てくる。適当にくつろいで、先に寝ちゃってていいよ」

「急用？　今から？」

「うん、ちょっと」

珍しく沖津の顔は険しかった。事情を説明する時間も惜しいのか、そのまま出ていってしまうのを見送ると、急に寒くなったように感じて震えが走る。

沖津の家にひとりでいるのは初めてだ。寝ていい、と言われたけれど、本当にこのまま居座っていいのだろうか。

（……でも、明日は朝早めに出発する予定だし、なにか事情がありそうだったから、電話して邪魔するのも申し訳ない）

それに、友達が家にいるのに出かけていくのも、信頼感のある仲だからこそ、とも言えるはずだ。

そう自分を納得させ、とりあえず洗い物をすませてしまおうとキッチンに立ったものの、家事をしてもすうすうと寒い気がした。まだぎこちない手つきで二人分の食器を洗い終え、手持ち無沙汰に室内を見回すと、今度は凜一のスマートフォンが震えはじめた。

どきっとして見れば、兄からの電話だった。珍しい事態に動揺しながらおそるおそる通話マークに触れると、機嫌の悪そうな声が流れてきた。

『もう仕事は終わっているな？　うちに来い、話がある』

一方的な口調に思わずスマートフォンを見て、凜一は眉をひそめた。

「もう夜ですよ。まさか、具合が悪いんですか？」

『そんなわけないだろう。土日は休日出勤するから、今夜くらいしか時間が取れないんだ、とにかく来なさい』

凜一の都合など微塵《みじん》も考えていない調子で命じて、瑶一は電話を切ってしまった。

もちろん、兄の命令に逆らうわけにはいかない。沖津に急用ができたときでよかった、と思うことにして、コートを羽織った。沖津と入れ違いになったときのために、兄から電話があって会ってくる旨だけは、メッセージを入れておく。

合鍵を手にして、また、すっと寒さを感じた。来たときは沖津が待っていてくれたから、合鍵は使わなかった。まさか最初の機会がひとりで出かけるためのものだとは思わなかった。

——電話が来て急用ができたということは、沖津は誰かに呼び出されたはずだ。霜月という名前の誰か。もしかしたら沖津の妹に関することかもしれないが、そうなら一言でも言ってくれるだろう。

なぜ、なんの説明もなく出かけてしまったのか。

ぶるっと震えて肩を窄め、そうか、と凛一は気がついた。これは寒いのではなくて、不安なのだ。なんとなくいやな予感がした。沖津にも自分にも電話がかかってきて呼び出されること自体、不吉な偶然に思える。

(なんとなく、とか、予感とか、お祖父様が聞いたら激怒するな)

非科学的でも、兄からいきなり呼び出されるなんて初めてのことで、不安になるなというほうが無理だった。

(まさか……病状が思わしくない、とかじゃないといいけど)

吉見くんがいてくれたらよかった、と思いながら、冷たくなってしまった指先で鍵をかけ、コートのポケットに入れて、凛一は急ぎ足で駅に向かった。

郊外から都心に向かう夜の電車は空いているかわりに利便性は低く、兄のマンションに着くころには一時間ほど経っていた。インターフォンを鳴らすと兄が仏頂面で迎え入れ、「遅い」と文句を言った。

「おまえはどうしてそうどんくさいんだ」

「——すみません」

乗り継ぎが悪くて、などと言い訳すればよけいに怒られるだけだ。短く詫《わ》びてこの前も座ったソファーに腰を下ろすと、向かいに座った兄は神経質に脚を揺すった。

「おまえ、今日もあの男と一緒だったんじゃないだろうな」

「……」

一緒でしたと答えるべきか迷うあいだに兄は大きくため息をついて、「やめろと言ったのに」と苛立った声を出す。

「あんな軽薄そうな男のどこがいいんだ」

「……吉見くんは軽薄ではありません」

控えめに言い返した凛一を一瞥し、瑶一は不満そうに再度ため息をついた。

「なんでそんなに入れ上げるのか理解に苦しむ。——だが、俺も考えた。いくらおまえだって、惚れた相手とただ別れろと言われても納得できないだろうからな」

「納得できないって……考えたんですか？　兄さんが？」

びっくりしすぎてつい聞いてしまい、じろりと睨まれて首を竦める。でも、とても信じられなかった。凛一がどう考えるかとか、納得できるかなんて、兄は気にしたことがないはずだ。いたらない凛一を常に叱り、こうしろああしろと命令して、できなければまた叱る。祖父からされるのと似たり寄ったりの扱いを受けてきたのだから。

「論理的に説明する」

反り返るほど背筋を伸ばして、瑶一は言い放った。

「第一に、ベータの男と結婚するとなれば、母親になるのは凛一になる」

「……はい」

オメガやアルファは男女の性別関係なく妊娠が可

能だが、唯一ベータの男性だけは妊娠ができない。つまり母親にはなれないのだ。

「出産は大変な責任と負荷がともなう。そんな真似が凜一にできるわけがない。したがって、おまえとあのベータの結婚は現実的ではない」

子供を産まない選択をする夫婦だっている、と思ったが、口は挟まなかった。そもそも、凜一と沖津は本当に結婚するわけではない。

「第二に、おまえに妊娠出産がこなせるとしてもだ、前提として、ベータ男性とアルファ男性の組み合わせは妊娠率が低い。子孫を残す観点から見れば、実に非効率的だ」

「——」

「第三に、運よく妊娠し無事に出産したとして、おまえ、あんな頼りないベータと二人きりで子育てなんかできるか？　賭《か》けてもいいが絶対無理だ。泣きついてきても俺は助けないからな。以上の三点の理由、そして前も言ったようにうちの親戚からは祝福されないこと、ベータがおまえの支えになるわけがないという合計五つの理由から、おまえがあいつと結婚するメリットはない。——別れなさい」

凜一はだんだん寂しい気持ちになりながら、兄の言葉を聞いていた。

今まで、なにを言われても兄が間違っていると思ったことはなかったし、多少疑問を覚えたときは、自分と兄の出来が違うからなのだと考えてきた。言うとおりにして失敗しても、自分が悪いせいだと信じていた。

でも、沖津に関してだけは違う。

たしかに兄の言うとおり、自分に母親がつとまるとは思えないし、ベータ男性とアルファ男性の組み合わせは妊娠率が低いのも知っている。けれど。

「吉見くんは、頼りなくありません」

あまりにも兄の言い方は悲しかった。悲しくて腹立たしい。ずっと尊敬していた兄だからこそ、一方的でアンフェアで、沖津を貶《おとし》める発言は許せない。

凜一は顎を上げ、まっすぐに瑶一を見据えた。

「彼と結婚できたら、僕にはメリットしかないです。僕は駄目な妻にしかなれないし、母親としては失格でしょう。でも吉見くんはいい夫で、いい父親です。結婚してメリットがないとしたら、吉見くんにとってメリットがないというだけです」

実際には結婚する未来はありえないが、自分で言いながらそのとおりだなと自嘲した。

沖津と結婚したら、嬉しくて幸せで得るものがたくさんあるのは凜一のほうで、彼が得るものはないのだ。凜一が沖津に差し出せるものは、凜一以外にも大勢が差し出せるものでしかない。

生まれて初めての弟の反撃に、瑶一は鼻白んだ様子だった。

「——あっちがメリットだらけだろう。蘇芳家の財産が手に入るんだぞ。なんなら蘇芳を名乗ることだってできる」

「名前なんかなんの価値もないし、お金だって、自分たちが必要な分は稼げばいいだけです」

間を置かずに言い返して、突然のことに動揺して珍しく耳をぴくぴくさせている兄を見つめる。

「兄さんには、少しでも僕が成長したんだと思ってほしかったけど、こんな気持ちになるくらいなら、吉見くんを紹介しないほうがよかった」

「……なんだと」

「吉見くんは、一度だって兄さんを一方的に悪く言ったりしないのに、兄さんは吉見くんの名前も呼ばない。そんな人だなんて知りたくなかったです」

立ち上がって、コートを腕にかけた。

「病気でつらいのはわかります。でもだからこそ、そんな言い方をしてほしくなかった。兄さんとの最後の思い出が喧嘩だなんて、いやですから。――でも、もう駄目ですね」

こういう気分を、きっとやるせない、というのだ。悲しくて、落胆していて、けれどそれを改善できる道がない。

一応頭を下げて玄関に向かっても、呆然とした兄はなにも言わず、動きもしなかった。よほど驚いたらしい。外に出て、すっかり冷たくなった空気を肺いっぱいに吸い込む。

(吉見くんに会いたい)

兄に対してうずまくこの気持ちを、沖津に聞いてほしかった。

ずっと大事な兄だった。自慢の兄で、認めてほしかった人に、がっかりしているのが悲しい。嫌われるよりもずっとせつないんだと、言ってしまいたい。

兄には、きっともう会うことはないだろう。歯向かった凛一を兄は許さないだろうから、彼が死ぬまで――それが幸運にも数十年未来のことだったとしても――会ってもらえない。

間違ったことを言ったとは思わないけれど、兄を失ってしまったのだ。たったひとりの肉親を。

寂しい、と小さくひとりごち、凛一は足を速めた。まだ終電まで時間はある。帰ろう、と決めて電車に乗り込み、沖津のマンションの最寄り駅まで戻るのには来るときと同じくらい時間がかかって、駅に着くころにはくたびれ切っていた。

反論するのはずいぶんエネルギーを使うんだな、と思いながら改札を抜けて、凛一は足をとめた。

一瞬、他人を見間違えたのかと思った。早く会いたかったから、遠くにいる少し似ているだけの他人を沖津だと思ったのかと考えて、違う、と悟る。

本人だ。沖津が歩いてくる。かたわらには、寄り添うように歩く小柄な青年がいた。

オメガだ。

(——よく吉見くんのコーヒーを買いにきてる子だ)

優しげな雰囲気の彼には見覚えがあった。広場近くの会社で働いていて、女性社員と連れ立っているのを何度か見かけた、あのオメガだった。

遠目にも、沖津を見上げるオメガのはにかんだ笑みがはっきりわかった。二人の身体の近さは、親しい仲だからだろう。笑って応じる沖津の表情も、リラックスして穏やかだった。

凜一は反射的に近くの柱の陰に隠れた。息をひそめていると、やがて二人の声が聞こえた。

「ここでいいよ」

「いいよ、家まで送る」

「でも」

「俺が心配だから。ね?」

遠慮するオメガを優しく遮って、沖津は改札を通り抜けたようだった。「ありがとう」と言うオメガの声は、申し訳なさより嬉しさが勝っているように聞こえた。

「関係ない話までいっぱい聞いてもらっちゃったのに。……帰り、大丈夫?」

「全然平気。それより——」

控えめな可愛い声とほがらかな沖津の声が遠ざかっても、凜一は足元を見つめたまま動けなかった。

数時間前まで、ふわふわ心地よかった身体の中が、急に硬くなってひび割れたみたいだった。頭の中心が痺れていて、まともな思考が浮かんでこない。

(……あの子、可愛かった)

オメガらしい甘やかな容姿。幼さの残る顔立ちと華奢《きゃしゃ》で小柄な身体つき。やわらかい声と雰囲気。どこをとっても、誰に聞いても「可愛い子だね」と言うだろう。

可愛い、沖津の好みにぴったりのオメガ。

吉見くんはああいう子が好きなんだな、と思うと、胸が潰れそうだった。地面にくっついてしまった気がする足をやっと踏み出し、無意識に沖津のマンションに向かいそうになって、踵を返した。

さっき出た改札をもう一度通って、上りのホームに向かう。幸い、どこにも沖津たちの姿はなかった。がらんとして明るい電車に乗り込み、座席に足を揃えて座る。電車が動いても、まるですべてが他人事《ひとごと》で、感覚がひどく遠かった。

今ごろ、沖津はあの子の家に着いているだろうか。部屋には、上がるんだろうか。玄関先で、自分にしたみたいに髪を撫でて、腰を引き寄せて、キスをするのだろうか。

「――っ」

喉の奥から塊がせり上がり、凜一は口を覆った。ぐう、と無様な音が鳴る。吐かずにすんだが、苦い味がした。小刻みに腕が震え、向かいの窓を見つめる。がらがらの車内で座った凜一の顔が、暗い窓に映っていた。青ざめてこわばった、惨めな男。

――最低な、人間だ。

(いやだ)

友達なら、友人に恋する相手ができたときは祝福するものだ。ささやかな仕事の成功を沖津が喜んでくれたように、自分のことのように嬉しく感じるはずなのに、吐きそうなくらい、「いやだ」と思っている。

祝福なんかできない。沖津の隣に自分じゃない誰

かがいて、大切にされて愛されるのは受け入れられない。彼が手をつなぐのも撫でるのも、キスするのも、自分であってほしい。

（……僕は狭量で、醜くて自分勝手な人間だったんだ）

友達になりたい、なんて欺瞞《ぎまん》だった。恋人がいい。誰にも、沖津の「特別」の座を取られたくない——現実には一度だって、その立ち位置が凜一のものだったことはなかったけれど。

恋人じゃないと、いやだ。

痛いほど悟らされて、凜一はため息を飲み込んだ。内面も可愛くないどころか、醜かったら好かれないのは当たり前だ。どんなに恋い焦がれても、沖津に好きになってはもらえないだろう。まして、沖津があのオメガの青年を好きならなおさらだ。

だったら、もうそばにはいられない。友達の幸せを喜べない人間は、友達でいる資格もないから。

自分のマンションの最寄り駅で降りて、真っ暗な夜空を見上げる。ひんやりしたまばらな星がわびしかった。

きっと最初から自分と沖津は、うまくいかない運命だったのだろう。

もともと、親しくなれたのが不思議なくらいだ。出会いは最悪で、沖津が辛抱強く接してくれたから、店主と客としては良好な関係だったけれど、それ以上ではなかった。

（……月曜にはお金を下ろそう。謝礼をちゃんと払って、それで終わりにするのがいい）

二度と沖津の顔を見ないようにしたい。見れば裂けるように身体中が痛んで、みっともない真似をしてしまいそうだから。

5

迷った挙句に、謝礼は広場のキッチンカーに届けることにした。店がオープンする数分前にすばやく渡せば、お互いに仕事があるから長く話さずにすむ。沖津の家に謝礼を入れたバッグを置いてくる方法も考えたが、沖津から電話が来たり、家まで訪ねてこられたりしたら、話す時間が長くなってしまう。

言葉をかわす、と思っただけで息が苦しくなって、凜一は広場が見える近くの建物の陰で俯いた。

金曜の夜から月曜の今日まで、一睡もできていなかった。あんなに大好きだった沖津と会うのが苦痛で、そう感じることが悲しい。せめて最後くらいはいい印象を残したいけれど、うまくできるだろうか。

逃げ出したい気持ちと戦いながら何度かネクタイを締め直していると、やがて見慣れたキッチンカーがやってきた。いつもの位置に停まると沖津が出てきて、ポケットからスマートフォンを取り出す。数秒のタイムラグで凜一のスマートフォンが震え、それだけできゅうっと胸が締めつけられた。

確認した画面には、「大丈夫?」とだけ書かれている。

金曜の夜、家に着いたあとで沖津から電話があった。それには出ずに、凜一は土日の予定はキャンセルしてほしいとメッセージを送った。

もちろん、沖津は兄となにかあったのではないかと心配してくれたが、「少し時間がほしい」と伝えたら、「わかった。待ってるから、思いつめたりしないでね」と返ってきて、週末は本当にそっとしておいてくれた。

おかげで今日は、金曜よりは落ち着いていると思う。つらいし悲しいし、沖津のメッセージを見てもずきずきと胸は痛いけれど、ひどいわがままは言わずにすむ、はずだ。

返信するかわりに時間を確認して、五分さらに待ってから、凜一は広場に向けて足を踏み出した。

キッチンカーに近づくと、気づいた沖津が顔を上げる。やわらぎかけたその表情がすっとくもって、凜一は視線を逸らしてカウンターにボストンバッグを載せた。

「中に、謝礼と合鍵が入ってる。今まで、どうもありがとう」

「……待って？　どういうこと？」

困惑しきった声を出し、沖津が車の外に出てきた。近づかれそうになって、凜一は後退った。

「兄とのことはもう決着がついたから、きみに協力してもらう必要がなくなった。だから、予定どおり謝礼を払うよ」

「決着ついたって……」

カウンターに置かれたバッグと凜一を見比べて、沖津は眉根を寄せた。

「凜一さん見てると、本当に決着ついたようには見えないし、金曜日お兄さんとした話が、楽しかったとは思えないんだけど」

「――きみには、もう関係のないことだよ」

とにかく渡したから、と呟いて、凜一は踵を返そうとした。その手首を、ぎゅっと摑まれる。

「待って」

「っ、触るな！」

反射的に振り払ってしまい、しまった、と後悔したときには、沖津はすでに傷ついた顔だった。初めて見る表情がいたたまれなくて、顔を横に背ける。

「すまない……急だった、から」

「うん。俺も、ごめんね」

なにも悪くないのに硬い声で沖津が謝ってくれるのが心苦しかった。

「お兄さんとなにかあったなら、聞かせてほしいけど……もしかして、俺がなにかした？」

「――」

「お兄さんの容態がすごく悪いとかじゃないよね？　金曜日に俺が家を空けたのは――」

「きみには、関係ない」

オメガと会っていたんだ、と言われたくなくて、凜一は遮った。どんな言い方をされても悲しいに決まっている。あれは友達だとか、好きだけれど凜一さんのことも大事な友達だと思っているとか――どんな優しいことを言われても、つらいのはわかりきっていた。


「いろいろ協力してくれてありがとう。でも、きみとはもう会いたくない」

「……そんなに言われるほど、俺のことがいやになった理由は聞かせてもらえないの？」

「言えない。これ以上、自分のことを嫌いになりたくないんだ」

それじゃあ、と小さくつけ加えて背中を向ける。待って、と呼びとめる声を無視して職場を目指そうとして、凜一はぎくりと立ち尽くした。

すぐ近くで、あのオメガがきまり悪げに立っていた。凜一に怯えたように沖津のほうを見る。

「あの……すみません。邪魔をするつもりじゃ……」

「霜月」

沖津が名前を呼ぶのを聞いて、凜一は足早に立ち去った。ざらざらと喉の奥が苦かった。

なによりいやなのは、彼を見た瞬間、真っ暗になったように感じたことだ。今さら、彼が沖津を訪ねてくるのをいやがる権利なんて凜一にはないのに、あまりにも自分勝手で強欲ではないか。よくコーヒーを買っているのだし、金曜のやりとりの気安さを聞けば、凜一よりも沖津とのつきあいは長いのだと知れる。

頭ではわかっているのに、傷ついて落ち込む自分が厭《いと》わしい。

研究所に入って資料室に閉じこもると、スマートフォンがメッセージの受信を告げた。沖津からだと知りながら、凜一は無視した。見ればますます醜い心境になりそうだった。

とにかく仕事だ、と気持ちを切り替えようとしたものの、先週まであんなにも順調だった作業は、なかなか進まなかった。ちょっとした動作ひとつでふっと沖津の顔がよぎったり、声を思い出したりして、胸に痛みが走る。忘れて集中しなければ、と自分を諌めても、数分後にはぼうっとため息をついてしまったりして、憂鬱な気分になった。

失恋は仕方ないにしても、つられて仕事までできないだなんて、あまりにも無能すぎる。

これだから出来損ないなんだ、と奥歯を噛みしめたとき、控えめにドアがノックされて、凜一はびくりとして振り返った。

「――はい？」

こわごわ返事をすると、入ってきたのは東桜路だった。

「蘇芳くん。先週貸してもらった資料なんだが、電子データもありそうなんだ。ハードディスクかなにかはここにないか？」

「……古いものが、いくつかあります」

「よかった。できれば運び出して研究室で見たいんだが、所長に許可を取ればいいのかな」

「確認しておきます」

平淡な凛一の声に、並んだ棚を見回していた東桜路が振り向いた。怪訝《けげん》そうに凛一を眺め、首をかしげる。

「なにかあったのか？」

「――ありません」

もしかして顔色でも悪いだろうかと、咄嗟に俯きかけて、凛一は顎を上げた。極力いつもどおりになるよう注意して、声を押し出す。

「貸し出しについては所長に確認したらお返事します」

「……ハードディスクがいくつかあるなら、どれに見たいデータが入っているかわからない。ざっとだけでもここで内容を確認させてもらいたいんだが、迷惑かな」

「禁止する権限はありませんので、ご自由にどうぞ」

仕事するスペースに他人がいるのは久しぶりだ。正直気は進まなかったが、そう言うわけにもいかない。

「――ハードディスクは右端にまとめてありますので」

それだけ告げて資料室を出ると、所長を探して用件を伝えた。ごく事務的に許可を取り付けて戻る途中、共有スペースにいた職員たちが、ちらちらとこちらを見ていたが、なぜだろうと気にするだけの気持ちの余裕もなかった。

ネクタイでも歪んでいるんだろう、と投げやりに考えながら資料室に戻ると、東桜路の姿はもうなかった。半分くらいほっとして机に向かい、湧いてこないやる気を奮い立たせて書類を広げると、再びノックの音がした。

またか、という思いとため息を押し殺して返事をし、凜一は入ってきた東桜路に眉をひそめた。露骨に不機嫌な表情になったはずなのに、東桜路は穏やかな笑みを見せ、手にしていた紙カップを凜一のデスクに置いた。

「疲れているときは一服するといい。私は午後にまた来させてもらうから」

「――」

カップからは爽やかな柑橘の香りがした。かるいミルクの匂いと混じる、甘酸っぱいシトロンシロップとコーヒーの匂い。唇が震え、今にも、飲めません、と言ってしまいそうだった。

けれど実際は、声は出なかった。

「私の妻も半獣だから、耳と尻尾にはそれなりに詳しいんだ」

東桜路は静かにそう言った。

「いつもぴんとしてる耳も寝たままで、尻尾もしおれているみたいに見える。顔色もよくないから、よほど疲れているか、体調が悪いんじゃないかな」

「……」

「もしつらいなら、休んだほうがいい」

お大事に、と言い置いて、東桜路は出て行く。ドアが閉まってから凜一は頭に手をやった。

たしかに、耳は寝ている。ちゃんとしなければ、と力を入れてもすぐにへたりと垂れてしまい、もういいや、という気になった。さっき共有スペースを通るとき見られたのも、みっともない耳のせいなのだろう。

あからさまに打ちひしがれているのを見られて気遣われるなんて、祖父が知ったら激怒しただろうが、もうどうでもいい。だって、仕方ないではないか。

どうせ自分は弱い。出来損ないで弱いところだらけなのだから、周りが気づいて当たり前だ。隠して取り繕ったところで、弱さが消えてなくなるわけじゃない。

鞄に放り込んだスマートフォンがまたメッセージの受信を知らせた。凜一はそれを無視して一口シトロンラテを飲む。優しい味がぴりぴりと舌を刺しても、もうため息も出なかった。

カップを端に押しやって、思い切ってスマートフォンの電源を落としてしまってから、あとで、と自分に言い聞かせた。

東桜路にはお礼を言おう。弱くても惨めでもかまわないから、礼も言えない人間にはなりたくない。それと、仕事は少しずつでもちゃんとやろう。兄も沖津も失ってしまったのだから、仕事くらいは頑張らなければ、凜一にはなにも残らない。

ちゃんとするんだ、と自分に言い聞かせ、凜一はシトロンラテを一気に飲み干した。

自分で決めたノルマを終えるころには終業時間を一時間半ほどすぎていて、外は当然真っ暗だった。沖津が待ち構えていたらどうしようと身構えたものの、広場にはキッチンカーも見当たらず、凜一は肩から力を抜いた。馬鹿だな、とひとりごちる。待ち伏せするほど沖津が固執してくれるなんて、たいした思い上がりだ。

早く帰って早く寝よう、と肩を竦めて駅に向かうと、控えめな声がした。

「あの……蘇芳さん、ですよね」

小走りに近づいてきたのはあの、霜月と呼ばれていたオメガだった。凛一の顔を見上げ、遠慮と不安が混じったような笑みを見せる。

「僕、結衣ちゃんの友達なんです」

「……結衣美さんの？」

てっきり沖津のことを言われるかと思っていた凛一は、拍子抜けしてまばたきした。はい、と霜月が頷く。

「同じ学校に通ってたんです。仲がよくて……だから、蘇芳さんが結衣ちゃんのこと助けたことも、彼女から聞いたんですよ。銀色のきつねの人だって聞いてたから、すぐわかりました。僕、この近くで働いているので、何度か見かけたことがあって」

にこ、と優しげに微笑んだ霜月は、道路の先を指差した。

「よかったら、お茶しませんか。お話ししたいこともあるので」

「——僕は、きみと話すことはなにもない」

近くで見ると、霜月は本当に可愛らしかった。ほっそりした体躯《たいく》は庇護欲をかき立てるだけでなく、どことなく色気があって目を惹きつけられる。つややかな髪もほんのり色づいた唇も、きらきらと潤んだ大きな瞳も、甘い声も、どこをとってもオメガそのものの、愛らしさと魅力で溢れている。

霜月は凛一のそっけない態度にも、臆した様子を見せなかった。

「僕が、話したいんです。少しだけでいいから、つきあってください」

手を引きかねない様子で誘われて、凛一はいっそう眉を寄せた。

「僕はアルファだ」

「わかってます。抑制剤は飲んでるし、今は時期的にも安全です。それに、蘇芳さんは結衣ちゃんを助けてくれた人だから」

屈託なく笑う霜月は、先に立って歩き出す。駅の方向なので、仕方なくついていくと、彼は弾んだ声を出した。

「蘇芳さん、あの研究所で働いてるんですよね。真野さんって、ご存じないですか？」

「──知ってる」

「やっぱり！　僕、以前真野さんに助けていただいたことがあるんです。コンビニまで買い出しに行った帰りに転んじゃったとき、散らかった荷物を集めてくれて、怪我《けが》も手当てしてくれたんですよ。すごく優しくて、びっくりしました。……あの喫茶店でいいですか？」

「……」

よくない、と言いたかった。話したくない。彼の言うことを聞く気分になんてとてもなれない──けれど、断りたいのをこらえて、目を伏せるしかなかった。

「三十分以内にしてくれるかな」

断れないのは、自分を嫌いになりたくないからだ。霜月が悪いわけではないのだから、エゴで醜い感情をぶつけたくない。

苦しさを隠した愛想のない凜一の台詞にも、霜月は明るくにこりとした。

「はい、わかりました」

店に入ると霜月はテキパキと席を確保してくれ、それぞれコーヒーとココアを頼んで向かいあわせに座る。沖津の淹れてくれるコーヒーに比べたら香りが全然しないそれを無理に飲み込むと、霜月は姿勢を正した。

「金曜日は、邪魔しちゃったみたいでごめんなさい」

きちんと頭を下げた霜月は、まっすぐ凛一を見つめてくる。

「昼間、聞いたんです。吉見さんが落ち込んでいるみたいだったから、もしかして蘇芳さんとなにかあったのかなって。そしたら、金曜日までは順調だったって言うから……吉見さんは違うって言ってくれたけど、僕が吉見さんを頼っちゃったせいだろうなと思って。——いい気分なわけないですよね」

そこだけ寂しそうに、霜月はまつ毛を伏せた。

「結婚相手も保護者もいないオメガが、恋人を呼び出したりしたら、誰だっていやですよね」

「——そんなことは」

ない、と言いかけて口ごもる。霜月に非はないし、二人の親密さを見てショックだったのはそのとおりだが、自分と沖津は恋人同士ではない。

誤解を解くにはどう言ったものか、と迷っていると、「いいんです」と霜月は達観したように言った。

「迂闊《うかつ》だとか、自衛が足りないってよく言われるので、僕も気をつけなきゃとは思ってるんです。親友のお兄さんだからって、いつでも頼れるわけじゃないって、反省しました。親の反対を押し切って就職したんだから、自分のことは自分で決着がつけられるようにならないと、駄目なんですよね」

自分自身に言い聞かせるかのような口調は、決して暗くはなかった。凛一は不思議な気分で目の前のオメガを見つめた。

小柄で童顔で声も可愛らしいが、話し方はしっかりして落ち着いている。か弱さよりも芯の強さが感じられて、凛一の持っているオメガのイメージとはだいぶ違う。

長くなるけど説明しますね、と前置きして、霜月は話しはじめた。

「僕にも、卒業前にはお見合いの話があったんです。それを受けてもよかったし、いずれ結婚はするだろうなっていうか、子供が産めたらいいなあとは思うんですけど、一度も世の中で働いたり、いろんな経験をしないで結婚するのももったいない気がして。そんなの結婚してから経験すればいいって、父には怒られたりしたけど、わがまま言って就職しました。職場の人はみんないい人だし、自分でも働けるんだって思えてよかったんですけど、夏ごろに、不審者につけられるようになったんです」

いわゆるストーカーですね、とあっさり言った霜月は、当時を思い出したのか、少し顔をしかめた。しかしそれもほんのわずかなあいだで、なにごともなかったかのように続ける。

「いつも顔が見えない距離で、あとをつけられて。アパートの郵便物を荒らされたりして……怖かったけど、親には言えませんでした。言ったら、ほら見ろ就職なんかするからだって怒られるのがわかってましたから。警察に相談するのも、親にばれちゃいそうで、困ってたんです。それで、結衣ちゃんとお兄さんの吉見さんに相談しました。吉見さんは、昔からすごく面倒見のいい人で」

今度はふわっと、照れたような顔をする。

「結衣ちゃんと友達になってから、吉見さんにはなんでも相談してたんです。優しくて……僕にとっても実の兄みたいな人で。就職のことも相談したら、自分で決めたことなら好きにすればいい、あとは頑張るだけだよって言ってくれて」

ずきっ、と胸に痛みが走った。聞き覚えのある言葉だ。沖津が恩師から言われた、きっと大切にしているだろう言葉。

それを、彼はこの子にも言ったのだ。

霜月は幸せそうな顔で頰を桃色に染めている。

「もう大人だもんな、なんて言うくせに、コーヒーのキッチンカー、わざわざ僕の職場の近くではじめてくれたんですよ。ここは穴場だと思ってたからとか、今だけだよとか言いながら、すごく、優しいんです」

「……わかるよ」

ああ、霜月は沖津が好きなのだな、と悟らざるを得なかった。それはそうだ。沖津を好きにならないほうがおかしい。誰だって、沖津のひととなりを知ったら、好きになるに決まっている。

（それに……思い出の台詞を使うくらい、吉見くんもきっと、霜月くんのことが……）

ですよね、と霜月ははにかんだ笑みを見せた。

「だからつい、僕も甘えてしまって。ストーカー騒ぎのときも、真っ先に相談しました。吉見さんは親には言いたくないっていう僕の意地も汲《く》んでくれて、とりあえずしばらくは送り迎えするけど、それでもストーカーが諦めなかったら、ちゃんと警察に言おうって言ってくれたんです」

凜一は下を向いた。意識しなくても簡単に、沖津の声が蘇ってくる。どんな表情で、調子で霜月に言ったのかさえ、想像がついてしまう。

「幸い、二週間くらい吉見さんが帰りに付き添ってくれたら、ストーカーはいなくなりました。昼間は職場の人が協力してくれて、会社の用事で外出するときもひとりにならないようにしてもらえたので、もう大丈夫だって思ったんです。でも、このあいだの金曜日に、怪しい人が僕のアパートの前を行ったり来たりしていて――それで、咄嗟に引き返して、吉見さんに電話してしまったんです」

「……そう」

説明されれば、やむを得ない事情だと思えた。凜一が沖津の立場でも、迎えにいって保護しただろう。大事な妹の親友なのだから当然だ。まして、前から愛おしく思っていたオメガなら、守ってあげないほうがおかしい。

「夏につきまとっていたストーカーと同じかどうかはわかりませんでした。もともと顔もわからない相手ですし。でも、同じ人かもしれない。だから今回は警察に相談しようって言って、事情を説明するのにもつきあってくれたんです。帰りはひとりでも大丈夫って言ったんですけど、結局アパートまで送ってもらっちゃって……僕としては嬉しかったけど、吉見さんと蘇芳さんには迷惑でしたよね。ごめんなさい」

「――いいんだ」

首を振ったのは本心からだったが、気持ちが晴れたわけではなかった。むしろ、霜月がいい子だとわかった分、苦さは増した気がする。

(霜月くんも吉見くんも、お互いが好きなんだ)

霜月から見れば、凜一のほうがあとから横取りした邪魔者だ。彼にとっての沖津は、怖い思いをしたときに咄嗟に頼るほど信頼している大切な人なのに、凜一と吉見が恋人同士になったと勘違いして、身を引こうとしているのだろう。霜月のほうが、ずっと似合いの恋人だというのに。

「僕と吉見くんは、恋人同士なわけじゃない」

冷めてきたコーヒーを流し込むと、強くなった酸味が口に残った。それを水で流して、意識して霜月の目を見つめる。

「遠慮はいらない。これからも吉見くんを頼ればいい」

「……お二人、恋人同士じゃないんですか?」

「違う。事情があって、恋人のふりをしてもらっただけだ」

「恋人のふり……」

ぽかんとして繰り返す霜月を置いて、凜一は立ち上がった。

「わざわざ話してくれてありがとう。僕のほうこそ悪いことをした。……お幸せに」

無理やり祝福の言葉を吐き出して店を出ると、霜月が慌てたように追いかけてくる。

「待ってください！　あの、僕が好きなのは——」

引きとめようと躍起になったのか、霜月の手が凜一のコートの袖を摑んだ、その瞬間だった。

店の脇の暗がりから、ゆらりと人影が出てきた。顔色の悪い、思いつめた表情の大柄な男で、凜一も突然の登場にびくりとしたが、霜月のほうは全身をこわばらせた。

青ざめた表情を見るまでもなく、ただならぬ雰囲気だった。ゆらっ、とさらに男が近づいて、凜一は無意識に霜月を後ろに押しやった。男は凜一が目に入らないかのように、じっと霜月だけを見て、くずれるように顔を歪める。

「今度は、アルファなのか、霜月」

しゃがれて不安定な声が吐き捨てる。

「とんだ尻軽じゃないか。ちょっと見た目のいいベータとよろしくやったかと思えば、すぐアルファに鞍替《くらが》えしたんじゃ、あの浮ついた男だって気分が悪いだろうに」

「っ、あなたには、関係ないです」

凜一の腕を摑んだまま、霜月は気丈に言い返したが、明らかに震えていた。小刻みな振動が伝わってきて、凜一は眉をひそめた。どうやら、男はつけ回していたストーカーのようだ。凜一たちが店に入るのを見て、出てくるのを待っていたのか。

男はどこかぼうっとした目で霜月を見下ろしている。冷静に話せば聞いてくれる、という様子ではなく、凜一は小声で促した。

「行こう。相手にしなくていい」

「俺のことは無視したくせに」

凜一の声をかき消すように、男の声が重なった。びくっと震えた霜月だけを見つめて繰り返す。

「無視したくせに。誘ってやったのに」

緩慢な仕草で提げていた鞄が頭上まで持ち上げられて振り下ろされるのを、凜一は霜月を抱きしめるようにして避けた。動きは遅いが鞄は重そうで、男の手を離れて地面に落ちるとにぶい音がする。直撃したら大怪我だ、とぞっとする間もなく、男は再び振りかぶった。

素手で殴る気かと目を向けて、血の気が引いた。握りしめられているのは、小さなナイフだった。刃渡りは十センチほどだが、凶器には変わりない。

「走って！」

霜月の身体を押しやるのと、男が腕を振り下ろすのは同時だった。ナイフは凜一の腕をかすめ、いやな音をたてて布が切れる。舌打ちした男は霜月を追いかけようとして、凜一は夢中で男に摑みかかった。

なにを考える余裕もない。ただ必死だった。

無理に肩を摑まれた男は唸ると振り返り、乱暴に振り払おうとする。それでも凜一が離れないとわかると、今度はナイフを凜一に向けてきた。

「邪魔だ、どけっ！」

「……っ」

大きく回した腕から逃げて飛び退《すさ》り、ナイフは避けられたものの、バランスがくずれる。たたらを踏んで立て直そうとして再度切りつけられ、凜一は結局転んだ。軽蔑する笑みで見下ろした男が踵を返すのを、それでも引きとめようとしたところで、叫び声と足音が入り乱れた。

「おまわりさん、あそこです！」

よく響く霜月の声に、今度は男が身体をこわばらせる番だった。慌てて逃げていくのを、制服姿の警官が二人、追いかけていく。もうひとりの警官と霜月が凜一に駆け寄って、助け起こしてくれた。

「蘇芳さん！　怪我、しませんでしたか⁉」

ぎゅっと握りしめてくる霜月の手は冷たかった。大丈夫ですか、と声をかけてくれる親切な警官にもう一方の手を摑まれて立ち上がり、みっともないな、と凜一は自嘲した。どうせならかっこよくストーカーを取り押さえるとかできればいいのに、転んだ挙句、自分で警察を呼んできた霜月に手助けされている。

「僕はなんともない。……あいつが捕まればいいけど」

「もし捕まらなくても、顔ははっきり見ました」

凜一に寄り添う霜月はもう震えていなかった。

「先週相談したときは、顔はよくわからないって言いましたけど、今日ははっきり見えたので。何回か、地元のスーパーで見かけた人です。一度誘われて……断ったことがあります。夏ごろに僕のことをつけてたのも、同じ人だと思います」

「じゃあ、すぐ捕まえられるね。今日のは立派に傷害罪だ」

勇ましい霜月の様子に警官が表情をゆるめて、凜一に向かって丁重に言った。

「怪我がないなら、ひとまず事情などお聞かせください。ご協力をお願いします」

「はい」

駅の改札から見える位置にある交番までは一分もかからない距離だった。対応してくれた警官は先週霜月が相談したときと同じ人で、説明にも凜一が思っていたほど時間がかからず、後日また協力するということで解放された。

交番前でなんとなく霜月と顔を見あわせると、ふっと静かな気持ちになって、長いため息が出た。

疲れたけれど、おかげでなんだか、吹っ切れたような気がする。

この子と自分なら、圧倒的に、霜月のほうが沖津とはお似合いだ。一緒に積み重ねてきた時間の長さ、可愛さ、中身の美しさ。

どれをとっても、凜一は負けている。

「きみのアパートまでは、電車に乗るんだろう。送るよ」

警官が送ると申し出たのを、霜月は断った。それが受け入れられたのは、アルファの凜一がいたからだろう。さすがにひとりで帰らせるわけにはいかなかった。霜月のほうも立場を理解しているようで、おとなしく頷く。

「すみません、お願いします」

申し訳なさそうに頭を下げる姿はやっぱり小さくて、凜一から見てさえ可愛らしかった。

霜月の住むアパートは隣の駅の近くの、小さな建物だった。三階建の一番上、真ん中の部屋まで送ると、霜月はドアを開けて、「どうぞ」と言った。

「吉見さんみたいにおいしいのじゃないですけど、

コーヒーお出しします」

「……もらうよ」

オメガの部屋に上がるのは気が引けたが、いくら気丈に振る舞っていても、心細さがないわけではないだろう。落ち着くまでのあいだくらいついているべきか、と諦めて、凜一は部屋に上がった。

「すみません、うち椅子とかなくって。そっちのテーブルのところ、座っててください」

こぢんまりしたキッチンに立つ霜月に言われたとおりローテーブルの前に腰を下ろして、ひそかに腹に力を入れる。ものが少なくて寂しげな室内は、うっすらとオメガの匂いがこもっていて、気を抜くと目眩がしそうだ。発情期のときのフェロモンほど強力ではないが、どうしても好きになれない、甘ったるい匂いだった。

「コーヒー、ブラックでいいですか？　僕はいつも牛乳入れるんですけど」

「きみと同じでかまわない」

霜月のためだ、と言い聞かせても、そわそわして落ち着けなかった。オメガと、それもよく知らない相手と狭いところに二人きりになるのも初めてだし、他人の家に上がったのは沖津の部屋以外ない。匂いはつらいし、身の置きどころがなくていたたまれない。

正座して膝の上で拳を握りしめていると、ほどなく霜月がマグカップを二つ持ってきた。

「こんなカップしかなくてすみません。どうぞ」

「……おかまいなく」

飲まずにいるのも間が持たず、カップに口をつけると、向かいに座った霜月が、じっと視線を向けてきた。

「蘇芳さんて、真野さんとは一緒に仕事してるんですか？」

「……いや。違う部署だ」

「そうなんですか」

会話が続かないからか、霜月は残念そうな顔をする。話題を探すようにしばらく黙ったあと、言いにくそうにちらりとこちらを窺った。

「あの……さっき、お店出る前に、吉見さんとは恋人じゃないって……」

「言ったとおりだ」

不安で確認したい気持ちはわかるが、にぶく胸が痛んだ。いい加減祝福しなければ、と自分を諫めて、凜一はできるだけ優しい声を出そうとした。

「僕にも、吉見くんのよさはよくわかる」

「……ですよね！」

顔を輝かせる霜月の素直さが眩しい。ちかちかと目眩がするのをまばたきして抑え込み、凜一は明るく微笑んだ霜月を見つめた。

「彼は面倒見がよくて、家族思いで、誰に対しても親切にできる」

「はい、そのとおりだと思います」

「僕にも、親切だった。だけどそれは、きみも知ってのとおり、僕が彼の妹を助けたからだ。助けたといったって、たいしたことはしてないんだけど、よく言ってくれてたよ。蘇芳さんは妹の恩人だから、お礼がしたいって」

「じゃあ、それがきっかけだったんですね」

「そうだ。——僕は、つけこんだんだ」

息が苦しくてカフェオレをがぶりと飲み、凜一は額を押さえた。気のせいだと思おうとしても、目眩はなくならない。苦しくても深呼吸すればオメガの匂いでよけいにつらく、できるだけ匂いを感じないよう口を開けて息をすると、喘ぐように胸が上下した。

くらくらする。

「つけこんで……甘えて、面倒に巻き込んでも、吉見くんは一度も、文句を言わなかった」

「蘇芳さん、大丈夫ですか？　顔色がよくないです」

慌てたように霜月が立ち上がって、凛一は首を振った。大丈夫だ、と言うつもりだったのだが、うまく言えなかった。気持ち悪い。

霜月には悪いがもう帰ろう。却って面倒をかけてしまいそうだ。

そう思って立ち上がろうとしたとき、チャイムの音が響いた。まさかさっきのストーカーでは、と凛一はぎくりとしたが、霜月はなんの警戒心もなく、むしろほっとしたようにドアに駆け寄っていく。凛一はよろめきながら追いかけた。

「霜月くん——」

狭いアパートは玄関ドアまで数歩の距離だ。薄暗い玄関で追いついたときには霜月は無防備にドアを開けていて、凛一は咄嗟に後ろから霜月を抱き寄せた。

外廊下から、背の高い男が息を乱しながら入ってくる。あいつはこんなに背が高かっただろうか、と焦って見上げ、凛一はぽかんとして固まった。

入ってきたのはストーカーではなく、沖津だった。走ってきたのか髪が乱れていて、霜月を抱き寄せた凛一を見て、みるみる不機嫌な顔になる。

「俺のときは、凛一さんから抱きついたりしないのに……やっぱりオメガは違うの？」

「……、え？」

なにを言われたのか、全然わからなかった。沖津は持っていたボストンバッグを下に置くと、凛一の手を摑んで霜月から引き剝がした。いつにないその乱暴な仕草に、誤解されたのだと気がついて、急いで首を横に振る。

「違うんだ。これは……ストーカーが来たら困ると思って。きみが来たなら、僕はもう帰る」

「――コート、切れてる」

凜一の声が聞こえていないかのように、沖津が呟いた。

「まさか、怪我したの？　霜月を庇って？」

「してない！　これは……ちょっと切れただけで」

「相手が刃物持ってたんだってね。抵抗したりしたら危ないのに、逃げないで戦ったんだ？」

「だ、だって、霜月くんが狙われてたから……」

「へえ、霜月が」

すうっと沖津の目つきが剣呑《けんのん》になった。

「この短時間で、霜月のこと好きになっちゃったわけ？」

「そ、そんなわけ、」

ない、と言いかけて、声が掠れて途切れた。睨んでくる沖津の目が、初対面のときのように怒りで輝いている。尻尾がぶわりと膨らんでしまう怖さにごくりと喉を鳴らすと、霜月が控えめに手を上げた。

「お二人とも、誤解しないでください。蘇芳さんはストーカーから僕を守ってくれて、家まで送ってくれただけですし、すれ違ってるみたいだったから、吉見さんにうちまで、蘇芳さんを迎えにきてもらったほうがいいかなと思って呼んだんですよ」

「ストーカーのことは、二人とも無事でよかったけど」

苛立ちがおさまらないらしく、沖津は雑に髪をかき上げて、霜月にもうらめしげな目を向ける。

「だいたいなんで、二人で話してたわけ。俺が凜一さんの家まで行って待ってるときに、二人で！」

「え……僕の、家？」

事態がよく呑み込めないまま聞くと、そうだよ！と焦れったそうに沖津は言った。

「バッグの中！　いらないって言ってるのに凜一さんが置いてった謝礼、五百万も入ってたじゃん。こんなの渡されて、喜んで俺が別れると思ってたの？」

「……それは」

「残念でした、理由もわからないのに別れてあげるほどお人好《よ》しじゃありません」

口ごもる凜一に向かって手が伸びた、と思った直後には、強く引き寄せられていた。よろめいて抱きしめられ、何度もまばたきする。

なんだろう。なにかすごく、沖津と話がかみあっていない気がする。

「仕事も早めに切り上げて、俺がどれだけ走り回ったと思ってんの。ほかの可能性潰して、霜月からの電話で誤解させたんだなってわかって、説明したくて凜一さんの家まで行ったんだよ。絶対、凜一さんはほかの人にはあげられないから。霜月は大事な友達だけど凜一さんは駄目。もし凜一さんと霜月が運命のつがいでも駄目。絶対絶対絶対、許さない」

余裕のない早口に、霜月がくすっと笑った。

「運命のつがいなんて、そんなに簡単にあるものじゃないでしょう」

「わかんないだろ！」

「もう、落ち着いてよ吉見さん」

一番年下なのに一番落ち着いている霜月が、なだめるように凜一と沖津を見比べた。

「お二人が喧嘩しちゃったみたいだったので、原因は僕にもあるんじゃないかなって思って、蘇芳さんに事情を説明してたんだ。個人的に、蘇芳さんと話したいなって思ってたし」

「っほら！　ほら、気になってたんじゃん！」

「気になってたのは蘇芳さんじゃなくて、真野さんです」

きっぱり言われて、なにか言いかけていた沖津は口をつぐんだ。凜一もびっくりして、まじまじと霜月を見つめてしまう。

「――真野さん？」

「そうです。助けてもらってから、何回か広場で会って……でも、その、なかなか個人的に親しくなるきっかけがないので……」

ぽっと頰を赤らめて、霜月は恥ずかしそうにする。……そういえば、沖津の話だけでなく、真野の話も嬉しそうにしていた。

沖津は凜一を抱きしめる力をゆるめて、「なんだ」と呟いた。

「先週好きな人がいるとか言い出したから……さっき連絡もらったとき、まさか凜一さんのことだったのかと思って、すっごい焦ったのに、ほかの人か」

「吉見さんには珍しいよね、早とちり。――それだけ、蘇芳さんが、吉見さんの大事な人なんだ」

気抜けした様子の沖津を眺め、霜月ははにかんだ表情のまま、しみじみと言った。沖津は照れくさげに凜一を見て、ぱちんと視線があう。

（――あ）

かくん、と膝から力が抜けた。眩しい、こまかな星を閉じ込めたみたいな瞳が凜一を見ている。吸い込まれそうな、心まで覗き込まれそうな目にはたしかに凜一が映っていて、なにかを考える前に身体がほどけていく。

「……そうだよ。大事な、人なんだ」

霜月に対する答えなのに、それはたしかに、凜一への言葉だった。

「大好きだから、些細なことでもう終わりとか納得できないよ。金曜日、霜月に呼び出された理由は聞いたなら、そっちはもう誤解してないよね？」

「――う、ん」

するりと前髪をかき上げる指先がくすぐったかった。いつもするようにきつね耳を撫でつけて、沖津は「ごめんね」と囁く。

「不安にさせたのは謝るよ。ちょうどお兄さんからの呼び出しもあって、タイミング悪かったよね。でも、俺が好きなのは凜一さんだから」

「……っ」

誤解しようのない明瞭さで言い切られたのに、咄嗟にはよく理解できなかった。どうしよう、と意味もなく慌てて忙しなくまばたきし、遅れて身体の芯が熱くなってくる。

――今、好きだと言われた。沖津の口から、はっきりと。

「信じてあげてくださいね、蘇芳さん」

控えめに霜月が口に出した。

「蘇芳さんは恋人じゃない、つけこんだだけだって言ってましたけど、僕ちゃんと、吉見さんから聞いたんですよ。今は俺にも大好きな恋人がいるからって。吉見さんがそんなふうに言うの、初めて聞きました」

「そうだよ。だって、今までで一番好きなんだもん」

もう一度きっぱり言われて、黙って見つめ返すだけの凜一に、沖津は顔を近づけた。

「凜一さんが好きなんだ。妹の恩人だからでも、お兄さんのためでもなくて好きだから、逃さないよ。凜一さんが霜月といるって思ったら嫉妬して腹を立てるような男だし、お兄さんの好きじゃないベータだし、たぶん凜一さんが思ってるほど優しくもないけど、凜一さんが俺のこと好きだなって思ってくれているあいだは、離してあげないから」

「——吉見、く、」

胸が破裂しそうだった。苦しくて、どきどきして、怖い。抱きすくめる腕の力と、射抜くほど強い眼差しとが、怖くて——嬉しい。

「……で、も、きみ、可愛い人が、好きって言った」

「そんなの、凜一さんのことに決まってるでしょ」

むっとしたように言い切って、それから沖津は気抜けしたみたいに表情をやわらげた。

「まさか、ずっと気にしてたの？」

「——だって」

覗き込む沖津の瞳から逃れて斜めに視線を逃すと、ため息混じりの優しい笑い声がこめかみに触れる。

「いっぱい伝えてるつもりだったけど、好きなのは丸ごと凜一さんだよって言えばよかったね。いっつも凜一さんのこと可愛いと思ってるから」

「……う、」

嘘だ、と言いそうになった凜一の顎を、沖津が掬い上げる。鼻先をすりあわせるようにして、彼が見つめてくる。

「大好き。凜一さんも俺のこと好きだよね。……好きって、言って」

凜一は目を閉じた。誰に指摘されるまでもなく、耳がぺったり寝てしまっているのがわかる。

答えはずっと前から知っている。声をかけてもらえてどんなに嬉しかったか。もし沖津に好かれていなくても、自分の気持ちは変わらないのだと思い知ったこと。友達でかまわないから、一緒にいたいと願った、焼けつくような気持ち。

「——好き、……っ」

言い終えるか終えないかのうちに唇を塞がれて、

夢中で背中に手を回した。あたたかな沖津の匂いがふわりと香る。ぐずぐずと下半身がくずれてしまいそうな匂いを、胸いっぱいに吸い込んで噛みしめる。硬くて熱い沖津の身体の感触は、なんだか懐かしかった。

(好き)

この人が好きだ。抱きしめて離れたくないくらい。

沖津の家に着いてすぐベッドに直行し、服を脱がされたから、このままセックスするのだとばかり思っていた。

手をつないで電車に乗るだけでも沖津の匂いが自分を包んでいるようで、凜一はずっとそわそわしていた。はしたないけれど、今すぐキスして触ってほしい、と思うくらい、身体が昂っていたのだ。

けれど二人とも裸になったところで、沖津はキスをやめると、眉を寄せて「聞かせてくれる？」と言い出した。

「本当に、霜月のことはなんとも思ってない？　好きになってない？」

「霜月くんのこと？」

なんでそんなことを聞くのかとびっくりしたが、沖津の顔は真剣だった。

「見た感じ発情期じゃなさそうだったけど、やっぱりオメガってアルファから見ると特別なんでしょ？　可愛いな好きだな、いい匂いだな、みたいになるんじゃないの？」

「な、ならないよ」

「ほんと？　こんなに思い切り、勃ってるのに？」

きゅっとむき出しの性器を握られ、凜一は息を呑んだ。過敏になったそこから、痛みに似た感覚が突き抜ける。

「っ、これ、は……っ、霜月くんは、関係ない」

「でも、部屋に着く前から反応してなきゃ、こんなにはならないよ。見て？　先っぽのとこ、濡れちゃってる。下着も見ればよかった、染みができてたかも」

沖津がベッドの脇に放った下着に手を伸ばそうとして、慌てて凜一は首を振る。

「着く前から、た……勃って、たけど——」

「やっぱり、オメガの匂いは興奮するんだ？」

「違う！　これは——その、吉見くんの、匂い、のせいだと思う……」

くびれを指で締めつけられ、痛烈な刺激に涙ぐみそうになりながら沖津を見上げる。

「僕は、オメガの匂いが好きじゃないんだ。フェロモンを嗅いでも、一度も興奮したことがなくて……気分が悪くなるくらいで」

「——そうなの？」

信じ切っていないようで、沖津の眉間には皺が寄っていた。凜一は二回頷いて、今日も、と呟いた。

「霜月くんの部屋の匂いが、つらくて……で、でもきみが来て、抱きしめてくれて、そしたら力が抜けて……吉見くんの匂いだなって思ったら、その——あ、熱く、なって」

「俺の匂い？」

「……日向、みたいに、あったかくて、気持ちがよくなる匂いが、するんだ」

言いながら、ひどく恥ずかしかった。ベータとアルファなのだから、フェロモンは関係ない。なのに匂いが好きなんて変態みたいだ。

身を縮めると、沖津はため息をついた。

「凜一さんが嘘つくわけないもんね。——俺の匂いが、好きなんだ？」

「……ご、ごめん」

「謝らなくていいよ。ていうか、俺のほうがごめん。不安になったりして」

痛いほど張った性器をそっと撫でて、沖津は唇にキスしてくれる。機嫌を取るように舐められて、凜一は目を細めた。

「不安、になる？　きみが？」

「だって、アルファとオメガって、やっぱり特別だから」

「——」

寂しげな笑みを見たら、そんな、とは口にできなかった。


アルファだから、と特別さを期待されるのも苦痛だけれど、最初から「おまえは特別ではない」と言われるのだって、同じくらい苦痛だろう。

本当は特別かどうかなんて、オメガだとかベータだとかに関係なく、二人のあいだで決まることなのに。

「……去勢してもいいし、明日婚姻届を出して、万が一運命のつがいが現れたら、死んでもいい」

「——凜一さん」

「僕は、吉見くんしかいらない」

すうっと涙が伝った。なんで泣くのだろう、と頭の片隅で考えて、でも恥ずかしくはなかった。

「友達になりたいって思ったのも、キスしたのも、きみしかいない。誰か選ぶなら、吉見くんしかいないんだ。僕にはきみが特別だから。……僕が特別に思っても、全然、足りないと思うけど」

「足りなくないよ。ごめんね」

困ったように沖津は涙を拭ってくれ、目元に唇を押し当ててきた。二度、三度の口づけを繰り返して、ごめんね、ともう一度言う。

「すごく卑屈なこと言っちゃった。でもそれくらい、凜一さんが好きで、俺にとっても『特別』なんだ。生まれて初めて、独り占めしたいって思うくらい」

「……っ」

ぴく、と唇が震えた。至近距離の沖津の目を見上げると、奥に星を宿したあの綺麗な瞳が、優しい色をたたえて見下ろしてくる。

「最初に見たときから、なんとなく目を引かれる気がしてた。銀色のきつねだからってだけじゃなくて、いっつも背筋がまっすぐで、脇目も振らずに歩いてて、凜とした人だなあって」

まだ濡れた頬を、指先が撫でていく。こめかみから髪を梳き、きつねの耳に触れて、後ろにぴったり撫でつける。

「妹のことがあって、一瞬だけがっかりして、また好きになって。仲よくなれたらいいのになって、ずっと思ってた。いっつも無表情だけど、俺は嫌われてない気がしてたから誘ってみたけど、一度もうんって言ってくれなくて、ちょっともどかしくて。だから、凜一さんから頼みがあるって言われたときは、嬉しかったんだよ。今度こそ仲よくなれるチャンスだと思ったから」

「……あんなに、変な頼みでも？」

「変な頼みだからだよ。恋人のふりをしてくれなんて、この人俺の好意に全然気がついてないか、わかっててすごい意地悪してるのかどっちなんだろうって思ったけど、すぐに、ああ戸惑ってるだけなんだなってわかって、くらくらするくらい嬉しかった。

デートは楽しかったたし、凜一さんはいちいち可愛いし」

さらっと言われて、嬉しいのに腹立たしいような、半端な気持ちになった。

「……きみの、可愛いの基準がわからない」

「あ、拗ねてる」

どうしてか嬉しげな声を出した沖津は、ちゅっと唇を吸った。

「凜一さんは可愛いよ。自分の気持ちもわかってなくて、でも好きなのがちゃんと態度に出ちゃうところとか」

甘く嚙まれるとぴりぴりとした快感が生まれる。それに溺《おぼ》れたくなりながら、凜一はかろうじて抗った。ちゃんと沖津の「可愛い」の基準は確認しておきたい。それさえわかれば、好きになってもらう努力だってできる。

「そういうのは、可愛いとは言わないと思う。……僕は、きみの好みにあってないから、不安になるとしたら僕のほうだ」

「俺には可愛いんだよ。たぶん、凜一さんにとって俺が特別なみたいに、俺には凜一さんが、とびきり可愛いの」

ちゅ、ちゅ、となだめるようにキスを繰り返して、沖津は凜一を抱きしめた。

「お兄さんに認めてもらいたいから嘘の恋人をでっち上げようとか、努力が斜め上なのも可愛い」

「……か、可愛くない」

「いっぱいいろいろ考えて、大事なこと確認しないで思い込むのは欠点だなって思うけど、欠点があるところも可愛い」

「——う……」

「あんまり器用じゃなくて、頑張ってるのにうまくいかなかったり、上手にしゃべれなかったり、俺が誘導するとすぐ『そうかな?』って思っちゃうところも危なっかしくて可愛いし、ほっとけないから守ってあげたい」

聞けば聞くほど可愛くない。ただのめんどくさい厄介者なのに——沖津の声は、幸福そうに甘かった。

「すっごい凜としてるイメージだったのに、最初のデートの日、夜に俺の部屋で泣いたでしょ。壊れちゃいそうなくらい繊細なんだってわかって、可愛いのを通り越して胸が苦しいくらいだったよ。嬉しくて、ゆっくり進もうって思ってたのに押し倒しちゃうくらい」

凜一は何度もまばたきした。うっすら記憶が蘇る。そういえば、「ゆっくりしなきゃって思ってたけど、我慢できそうにない」と言われた——ような気がする。

あのときは全然、気にもとめなかったけれど。

「……あ、あのとき、から、ほんとに、好きだったの?」

「俺、こう見えても好きじゃない相手とはセックスしないよ。すぐエッチしちゃう軽薄なやつだと思ってた?」

笑いながらからかるく睨まれて、急いで首を横に振る。

「思ってない。——すごく優しくて、義理堅くて、ちゃんとしてる人だなって、思ってた」

「じゃあ、凜一さんのこと可愛いと思ってるのも、嘘なんかじゃないってわかってくれるよね」

う、と息がつまった。

沖津の言うとおりだ。彼は嘘はつかないだろう。自分の可愛くなさにだけは圧倒的な自信があるけれど、でも。

「……吉見くんから見たら、か——可愛いって、思ってくれる？」

「たぶん俺じゃなくても可愛いって感じると思うな。だんだん気を許してくれたら、耳にも尻尾にも気持ちが出ちゃうのも可愛いし、笑ってくれたときは心臓止まるかと思うくらい可愛かったから」

「……笑った？　僕が？」

「ショッピングモールでクレープ食べたとき、笑ってたよ。綺麗だなって言って微笑んでて、天使かと思った」

ちゅ、ともう一度キスして、沖津は優しく呼んだ。

「ねえ、凜一さん。俺たち、お似合いの二人じゃない？」

「……僕たちが？」

「うん。お互い特別同士で、相手にほかの特別ができたらいやだなって思ってる」

かすかな痛みを覚えているように、甘いけれど複雑な色の残る笑みだった。

「俺は、ほかの誰かの特別にはならなくていいから、凜一さんのたったひとりの大事な人間になりたい」

「――僕も」

いらない、と思えた。神様が決めたいるかもしれない運命の相手も、もっとふさわしいかもしれない沖津の相手も、他人の祝福もいらない。

運命より、沖津を選ぶ。

「僕も……ずっと一緒がいい」

「ありがとう。――大好き」

囁いてくれる沖津の背中にもどかしく腕を回し、抱きついて自分からキスをする。自然に膝がひらいて、裸の太ももが絡む。

「幸せになろうね、凜一さん」

「ん……吉見く……、んっ」

ぶつかるように唇をあわせては角度を変えて重ね

直し、舌を探りあう。沖津の舌は奥まで入り込んで、ちろちろ上顎をくすぐった。

「……っん、ふ……っ、ん、んっ」

喉までぞくぞくした気持ちよさが走り、凜一は身体をくねらせた。そうすると胸がこすれあって、乳首にもじんと快感が生まれる。とろんと目尻が落ちて、ゆるんだその表情に気づいた沖津が、手を這わせてくる。

「すごいね。乳首、もう硬くなっちゃってる。凜一さんは、どこ触られるのが好き？」

指の先で乳首を転がされ、ため息が零れた。ぴんと尖ったそこは、少し触られるだけでも痛いほどだ。優しくつままれるとびくりと腰が浮き、操られるように頷いてしまう。

「そこ……っ、す、好き」

「気持ちいい？」

「うんっ……すごく、い、……っ」

こりこりいじられるたびに腰が動くのが少し恥ずかしい。でも、腹まで気持ちいいのが響いて、我慢できない。ねだるような凜一の仕草に、沖津は目を細めて手をすべらせた。大きく反り返った性器には触れず、臍《へそ》を撫でてくる。

「っあ……、ん……っ」

「お臍も好き？」

「ん……ぜ、全部、好き」

触ってもらえるならどこでもよかった。

「耳、も……尻尾も、好き」

「この前、腰の下のとことんとんしたら、へちゃってなってたもんね。今日もうつ伏せでする？」

「あれはっ……いや」

つう、と臍から性器の根元の下生えまで撫でられて、凜一は首を横に振った。

「うつ伏せは、いやだ」

ふ、と沖津が笑った。やんわりペニスに指を絡め、焦らすように弱く扱く。

「いやなんだ？　こうやって向きあってるほうが好き？」

「……ん、……すき、……っ」

触れるか触れないかの強さで扱かれて、下腹がひくひくした。たったそれだけの刺激で、鈴口にはぷっくりと腺液が滲む。今にも漏れてしまいそうな危うい感覚で、凜一は控えめに腰を上げて押しつけた。

「吉見くん……あの、そこ、じゃなくて、後ろ」

「射精したくない？　もういっぱい濡れてるのに」

「っ、ひ、ひとりで出すのは、好きじゃない……それより」

後ろをほぐして、つながってほしかった。沖津もちゃんと興奮して、分身を硬くして、気持ちよくなってほしい。

吉見くんも、と呟いたのに、沖津はわざとらしく首をかしげた。

「俺も、なに？　後ろに指を入れればいい？　気持ちよくなるところ、またいっぱい揉んであげようか」

「ち、ちが……っ」

しこった袋をいじられ、窄まりをくるくる撫でられて、凜一は泣きそうになった。沖津が意地悪だ。ひどく優しい顔で微笑んでいるのに、いつもみたいに優しくない。にこにこしたまま凜一が口をひらくのを待っていて、凜一は震える唇を舐めた。

「吉見くんの……な、中に、早く、ほし……い」

「入れてほしいの？」

「っん、……い、入れて……っ」

自分で膝をひらいて持ち上げ、股間の奥をさらす。じっと見下ろしている沖津を見つめると、彼は感嘆したようにため息をついた。

「やっぱり、凜一さんにおねだりされるの最高だな」

「お、おねだりって……っき、きみが、言わせた、のに」

「うん。だって、大好きって言われてるみたいで嬉しいんだよ」

幸せそうに目を伏せた沖津は、しなった凜一の性器を撫で上げた。濡れた先端を拭って、これで、と囁く。

「これでお尻の孔も濡らそうね。つながったとき痛くないように、いっぱい出してくれる？」

「そ、そんなに出ない……っ」

「大丈夫。舐めて達かせてあげる」

言うなり沖津は顔を埋め、凜一はひゅっと息を呑んだ。抗議する間もなく、あたたかく濡れた口内に含み込まれて、未知の快感が襲ってきた。

「あ……っ、は……っぁ、」

舌でたっぷり唾液を絡められ、ぬるついた幹を唇で扱かれる。雁首を締めつけられればじゅくじゅくと汁が溢れてきて、沖津は口を離して指で拭い取った。ねっとりした汁が、沖津の長い指にまといついて糸を引く。

「ほら見て。いっぱい出るでしょ」

「っ、み、見せなくていいのに……っ、ぅ、ん、……っ」

拭った先走りを窄まりに塗り込まれ、凜一は唇を嚙んだ。ぬめる感触が自分の体液だと思うといたたまれない。くちゅくちゅ音をさせてほぐす沖津は、視線だけ上げて舌をペニスに這わせてくる。

「もっと出してね。達きたくなったら達っていいから」

「ひ……ひとりは、やだって、さっき……っ」

「でも、つながるためだよ？　お願いだから、気持ちよくなって」

「――ッ、あ……や、ぁっ、そこ……やだ、……ぁっ」

ちゅるりと先端をしゃぶられ、ひくんと震えたところで陰嚢を口に含まれる。揉むように口の中で転がされると、怖さと気持ちよさが同時に襲う。顎を上げて喘いだ途端、窄まりに指が挿入されて、びっとはじける感触がした。

「……っは、……あ、……っ！」

「やっぱりお尻の中が気持ちいいんだ。入れたら出ちゃったね」

あやすように優しい声で言いながら、沖津は溢れ出る精液にじっと視線を注いだ。一度勢いよく出た白濁は、沖津が体内をいじるのにあわせて、とろとろとしつこくあとを引く。尿道はにぶく焼けるようで、凜一は声を震わせた。

「っこれ、やだ……っん、あっ、また……っ、く……っ」

お漏らしを我慢しているのにとめられないような、あの感覚だった。ほとんど無意識に腰をくねらせ、それでも我慢できなくて垂らしてしまう。

「すごい、まだ出るんだ？　いっぱい出てるから、これも使うね」

たまらなく恥ずかしいのに、沖津は嬉しそうだった。一度指を抜いて、性器を汚した精液をたっぷり取って、それを後ろの孔に塗り込める。指を挿入されると今までよりも強くこすれて、ぞくぞくした震えが走った。

「あ……ふ、……っ、あ……ッ」

「きつい？」

「ちが……っこ、こすれ、て……あっ……」

スムーズではないせいで、触られているのだとはっきりわかる。内側の、自分でも触らない部分を、沖津に撫でられて、広げられている。

「ん――っ、あ、……は、んんっ」

「気持ちいいんだね」

ひくついて食い締める凜一の反応にぺろりと唇を舐めて、沖津は微笑んだ。

「凜一さん、もっと腰上げて？　お尻の孔がほんとに気持ちよくなってるか、確かめさせて」

「――、……わか、った……っ」

恥ずかしさが消えたわけではないけれど、もどかしさのほうが勝る。早くほしい。自分だけ射精して指しかもらえないなんて寂しい。

促されるまま腰を上げ、膝が胸の両脇につくほど深く身体を折り曲げる。真上を向いた孔を見ながら、沖津は両手を使って窄まりの襞を広げた。すうっと空気の冷たさを感じたのもつかのま、ぐっと指が沈んでくる。左手と右手の中指がゆっくり根元まで挿入され、弾力を確かめるようにばらばらに動く。

「は……っぅ、……ん、ぁ……っ」

「やわらかいし、すごく熱くなってる。わかる？」

「わ、……か、る、からっ、も……あ、ぅ……んッ」

びびびび、となんとも言えない痺れが腹の奥まで響いて、太ももが震えた。きゅっと尻に力がこもって沖津の指を締めつけてしまい、硬い異物感に快感を呼び起こされてはまたゆるむ。

「やっぁ……っぬ、抜いて、あっ……く、あっ、あっ、あっ」

「吸いついてるもん、気持ちいいでしょ。でももうちょっと濡れてたほうがいいかな。奥はとろけてるけど、念のために」

ゆるゆると内部を探りながら、沖津はちゅっと蟻《あり》の門渡《とわた》りに口づけた。それから窄まりを拡張するように指を左右に広げ、隙間《すきま》から舌を押し込んでくる。

「——ッ、ひ……ぁっ、や、……ああっ、あ、だめ……っ」

熱くてやわらかい舌の感触に、頭の芯が痺れた。唾液がたっぷり流し込まれ、爛れたみたいにかゆくて熱い。

「や、ぁっと、とけちゃ、……あ、とける、から、ぁ……っ」

じゅくじゅくするそこをさらに指でかき混ぜられ、意識しないまま凛一は射精していた。

「——ッん、……っは、……ん、……ッ」

気が遠くなるような快感だった。目の焦点もあわなくて、さっきあれほど射精したのに、何度も何度も噴いてしまう。

「可愛い。また思いきり達っちゃったね。これで二回？　さっき連続で達ってたから、三回かな？」

腹を白濁で汚した凛一を幸せそうに眺めて、沖津はもう一度窄まりに口づけた。

「ここ、あと何回したら中から濡れるかな。いっぱい濡れるようになるまで、たくさんしようね。……凛一さん、頑張ってくれる？」

指を抜かれると、中の筒ごと孔が蠢く。じっとりと発熱した奥がもどかしい。小刻みに震える両脚をかかえられ、凛一はかくんと頷いた。

「が、んばる、……っ」

「ほんと？　お尻とろとろにしてくれるの？　アルファなのに？」

「するっ……とろとろ、する、から……っ」

そっとあてがわれるのも焦れったかった。ひくついて控えめに口をひらいた孔の周囲に、硬いものがこすりつけられるだけでは足りない。

抱きしめてほしい。

手を伸ばすと耐えるように眉を寄せた沖津がぎゅっと握ってくれ、凜一は名前を口にしかけた。

「よしみ、……っ、ぁ……ッ、……っ」

ずっ、と沖津が入ってくる。視界が一瞬ぶれて歪み、目の奥からかあっと熱くなった。太くて硬いものがぴったり窄まりにはまっている。強烈な異物感。熱も硬さも怖いほどで、強引に押し入れられると、うなじがひりひりした。

「は……ぁ、……っ、あ……ッ」

細かな襞を潰すように、じっくりと沖津が進んでくる。腹の中がひずむ感触に、身体は不随意にびくびくと跳ねた。声もなく悶えると、沖津も荒い息をつく。

「やっぱ、ちょっときついね……ゴムしてないし、すっごいくっつく……っ」

「ん、ぁっ……う、……あ、……は、んッ」

揺すり上げるようにして突かれ、仰け反ったところをまた突かれて、切羽詰まった喘ぎが零れる。いつのまにか汗が浮いていて、目が染みるように痛かった。額に張りついた髪を、沖津がそっと払いのけてくれる。

「痛い？」

「……へい、き……っ」

痛いのかもしれなかった。よくわからない。今までより激しくこすれて痺れるようだし、沖津のものが大きく感じられて、腹の奥がずくずくと脈打っている。でもいっそ、その奥まで貫かれたかった。だって。

「もっ……と、きて……ぎゅ、って、した、……いっ」

抱きしめてほしかった。つながるだけでは足りない。隙間なくくっついて、中まで明け渡して、もっともっとそばにいたい。

「――凜一さんてたまに反則だよね」

どうしてか苦しそうに顔をしかめた沖津が目を伏せた。わがままを言いすぎただろうか、と不安になったのもつかのま、しっかり腰を摑まれて無意識に竦む。そのこわばりをくずすように、沖津はゆっくりと、しかし強く突き入れた。

「～～～っ、あ……っ、……ぁ、……ッ」

熱で溶かしながら掘削されるかのようだった。とろかされた粘膜を巻き込んで進んだ沖津の先端が奥の壁に突き当たり、さらに押し上げられてくらりと気が遠くなる。

「……っ、あ……ッ、……ッ」

達した感覚だった。ちょろちょろとお漏らしをしてしまっているようで、きゅんと腹の奥がつぼまる――のに、うなだれた性器からはわずかに透明な汁が糸を引いただけだった。びく、びく、と不規則にうねる凜一の反応に、沖津は微笑んだ。

「お尻で達ったね。中、いっぱいひくひくしてる――可愛い」

「か……わ、いい？」

焦点のあわない目でぼんやり見返すと、うん、と頷きが返ってくる。

「可愛いよ。ぎゅってしようね」

言いながら抱きしめられて、頭の中が桃色に霞んだ。肌が触れあうのが気持ちいい。しっかりした沖津の腕。首筋に抱きつけば沖津の匂いが全身を包んで、凜一は陶然とした。

「よしみく……好、き」

「ありがと。俺も大好き」

ちゅ、ちゅ、とじゃれるようにキスをかわす。つながった腰をすりつけられるとずぅんと快感が広がり、凜一はキスしたまま喘いだ。

「ん、む……っぁ、……ん、ぅっ、……は、ぁッ」

「お耳ぺったりだね凜一さん。気持ちいい？」

「ん、いいっ……好き……」

「俺も好きで、すっごく気持ちいいよ」

二人にしか聞こえない音量で囁いて、沖津は耳にもキスしてくれた。ついでのように甘噛みされて、ああ、とため息が出る。ぴるん、と動いた耳に、沖津が小さく笑った。

「凜一さんの耳可愛いよね。俺といるとき、いっつもいっぱい動いてて」

「……あっ、……ふ、あ……っ」

ゆったり腰を振られ、生々しい性器の感触に震えが走る。喘いだ口元にキスした沖津は、何度も耳を撫でつけた。

「表情も、前より全然わかりやすいし」

「ふっ……あ、……あ……ッ」

「綺麗で、可愛いから、ほんとは普段から誰にも見せたくないけど。——俺には、もっといっぱい、可愛い顔見せてね？」

言葉ごと刻みつけるように、ゆるやかな抽送が繰り返される。俺だけだよ、と念を押されると、胸の奥が金色に光るようだった。

嬉しい。好きだと言われて、可愛いと言われて。俺だけだよなんて執着されて、夢みたいで——嬉しくて駄目になりそうだ。

「よしみ、くんだけ」

潤んだ目をまばたいて、凜一は唇を差し出した。

「好きなのは、よしみくんだけ」

「うん。ありがと」

目を細めてキスし、一度強く抱きしめてくれた沖津は、とろんと見上げる凜一の顔を撫でた。

「今日もいっぱい、気持ちよくなってるとこ見せてね。――動くよ？」

「うん……見せ、あっ、……あぁッ、んっ、……あッ、は、ぁあッ」

こくこく頷いた途端に穿たれて、甘く声が上ずった。同じリズムで刺激される奥の部分が、たまらなくむずがゆい。突かれるたびに中がお漏らしをしているみたいに、じゅん、となにかが染み出してくる。さらに数回ピストンされると、じゅぷ、ぐしゅ、と水音が響いた。

「――ッん、ぁ、っあ、……あ……ッ」

「ちょっと濡れてきた。気持ちいい？」

ぬかるんだそこを亀頭を使ってこね回され、夢中で頷いた。教えてもらった感覚だ。じゅわじゅわ溶かされて、沖津のものが硬くて、熱くて。大きいそれが行き来して、こすれて突き潰されて、何度もお漏らししそうになる気持ちよさ。

「っまた、あッ、またい、く、いっちゃ、う……っ」

「きゅんきゅんしてるもんね。いいよ、達って」

優しく許してくれながら、沖津は少し強く突いてくる。ぶつかる衝撃が心臓まで重たく響き、凜一は息を呑んでつま先を丸めた。

「あ……ッ、……あ、……あ、あぁッ」

達する感覚と同時に、ぷしゅ、と透明な液体が鈴口から噴き出す。ぎくりとして目を見ひらいたが、再び沖津が奥を突くと、さらに激しく飛び散った。

「や、あっ、出っ、あッ、あっ、く……ぁっ、あ、あッ」

慌ててとめようとしても、力を入れられなかった。沖津は身体を起こして休みなく凜一を攻めながら、じっと股間に視線を注いでくる。

「凜一さん、やっぱり上手。もう潮噴きしてくれるなんて、すごい嬉しい」

「っん、う、れし……？」

「嬉しいよ。いっぱい達ったのに潮噴いて達っちゃうくらい気持ちいいのは、凜一さんが俺のこと好きじゃなきゃ、ありえないから」

「そ……う、……アッ、……ん、ぁあッ」

そうなのだろうか、と思った直後にまた噴いて、びくびく全身が跳ねた。なにも考えられない数秒の空白のあと、耳鳴りと甘い目眩が襲ってくる。

「……は、……ん、……っ」

はめられたままの沖津の硬さが、重い楔《くさび》のように貫いている。ぐったりした凜一の濡れた下腹部から胸までを、沖津は愛おしげに撫でてくる。

「可愛い、凜一さん」

「……よし、みくん……」

「噴いちゃって疲れたと思うけど、あとでまたぎゅってしてあげるから、そのまま力抜いてて」

大きな手が腰を摑み直す。指が食い込み、強く引きつけられるのにあわせて、沖津が打ち込んでくる。

「ッ——あ……っ、あ、ぁあッ」

にぶい痛みが駆け抜けて、さっと血が冷えた。再度穿たれると寒気のするようなその痛みが、強烈な痺れになって身体を焼く。重く尾を引く、苦しいほどの快感だった。

「あ……っく、……ぅ、あッ、ああ……ッ」

今までになく強く穿たれて、響いて、それがたまらなく気持ちいい。すっかり沖津を受け入れるのに慣れた肉筒の中を、太いものが行き来する異物感と、奥にぶつかる強さが震えを生んで、熱くて、ぞくぞくして——気持ちいい。

「っぁ、いっ……よし、みく……っぁ、ん、ああっ」

縋るものがなくて顔の脇の枕を握り、がくがく揺さぶられながら沖津を見上げる。食い入るように見つめてくる沖津の、きつい眼差しにさえ歓《よろこ》びを感じる。汗を浮かべた沖津は、ふっとわずかに微笑んだ。

「すっごい、えっちな顔――可愛いね」

「……っぁ、や、あぁッ、ん、あぁッ、あ、あ……ッ」

ぐりっ、と押しつけられ、きゅうきゅうと奥が締まる。沖津は左脚をかかえ上げて腰を引き、強く突き上げた。揺するような穿ち方にぐぽ、ぐぷ、と結合部がいやらしい音をたてて、眼裏《まなうら》では火花が散った。

「――ッ、……っは、……ッ！」

「達っちゃったね。俺も出すから、もう一回達ってね」

痙攣してとろける蜜襞《みつひだ》を、沖津はなおもかき分ける。

「奥、大好きになって。もっともっと可愛いとこ見せて。ゆっくりでいいから、いっぱい見せて」

甘えてねだる、それでいて優しく包み込む声が、耳から流れ込んで染み通る。

「凜一さんが好き。俺の大好きな人だから、全部見せて。みっともなくないし、怖くなくて、全部可愛いから」

「よ、しみ、くん……」

つんと目の奥が痛んだ。愛されている。

自分は沖津に、こんなにも愛されているのだ。

「……だ、いすき」

ふらふらと伸ばした手を摑まれて、しっかりつなぎあわされる。見つめあって奥まで入れられれば、なにもかもつながっている気がした。性器と手だけでなく、感じる快感も、愛おしさも。せつないくらいの喜びも。

「——、っ、あ、……あ、……ッあ、ああッ」

大きく揺さぶられ、逆らわずに快楽を追いかける。びしょびしょに濡れてしまう、壊れて漏らす錯覚。錯覚でなくて、本当に噴いてもいいのだ。だらだら零してみっともなくても、弱くても、泣いてもいい。

「っあ、よし、みく、あ……っ、い、く、でちゃ、うっ」

「うん、俺ももう少しだから」

うねって高まる最後の波を、二人で追いかける。動きを速めた沖津が奥を突いて息をつめ、よかった、とほっとした瞬間に、凜一も限界がやってきた。

浮遊し、突き抜けて、どこまでも落ちていく。白く焦げた意識の中で、滲むように広がる沖津の精液だけは、感じ取れるような気がした。

6

五日後、午後一時。きちんとスーツを着た沖津と並んで、凜一は緊張してソファーに腰かけていた。兄の瑶一の部屋だ。

向かいに座った瑶一はむっすりと押し黙っていて、あいだにあるテーブルには一枚の書類、婚姻届が置かれていた。

黙ったまま動かない兄と横にいる沖津とを、凜一はこっそりと盗み見た。

(本当に大丈夫なのかな。吉見くんは大丈夫って言ったけど……)

五日前の月曜日、霜月のストーカー騒ぎがあった夜、晴れて心から結ばれたっぷり愛しあったあと、腕枕してくれた沖津が言ったのだ。「大丈夫、たぶんお兄さんは、俺たちのこと許してくれるよ」と。

思いつめた凜一が用意した謝礼と、もう終わりにしようという発言を聞いた沖津は、早めに営業を終えたあと、まずは瑶一を訪ねたのだという。驚いて「どうして」と聞いた凜一に、沖津はあっけらかんと言った。

「もしかしてお兄さんがものすごく具合が悪いっていう線もあるかもしれないから、確かめようと思って。凜一さんはいくらメッセージ送っても無視してたから、お兄さんに直接確かめに行ったほうが早いでしょ」

言われてみればそのとおりなのだが、自分だったら絶対行かないと凜一は思う。とてもそんな勇気はない。

しかし本当に瑶一を訪ね、無事に顔をあわせた沖津は、兄の体調に変わりがないことを確認し、金曜日にどんな話をしたかも聞き出してしまった。

瑶一がどんなふうに沖津に伝えたのかはわからない。事実を話したのなら、「大丈夫、許してくれる」なんて言う根拠はどこにあるのだろう。

そわそわしながらちらりと兄を見やると、瑶一は長いため息をついた。

「俺としては、ベータ……沖津と結婚するのは、無駄な苦労を背負いこむだけの、愚かな判断だと思う」

「……兄さん」

「おまえがしっかりしたアルファなら、俺だって納得できなくても、とやかく言う気はない。でも凜一は、昔からどんくさいし、なにごとも決断するのが遅くて、俺が教えてやらなきゃ努力の仕方も間違えるだろう」

「……はい」

やっぱり手のかかる面倒な出来損ないだと思われていたんだな、とうなだれると、兄はまたため息をついた。

「だが、おまえがこの沖津を好きなのは理解した」

どきっとして、凜一はまともに兄を見つめてしまった。目を見ひらいた表情に、瑶一は尊大に顔をしかめて見せる。

「驚くな、みっともないな。いつも俺の言うことを聞いていたおまえが逆らうくらいだから、それだけ好きなんだろうと慮《おもんぱか》ってやったんだ」

「……は、あ。そうなんですね」

あの兄が、と思うと、間抜けな相槌しか出てこない。慮るなんて行為が瑶一の中にあったとは。

そんな凜一と、黙ったまま笑いを嚙み殺すような顔をしている沖津を睨み、瑶一は三回目のため息をつく。

「だいたい、初対面のときから凜一はみっともなかったからな。沖津を見るたび耳が赤ん坊みたいにぺたんこになって、見ているこっちが恥ずかしい」

「素直で可愛いでしょう、お義兄《にい》さん」

「うるさい、お義兄さんとか言うな」

口を挟んだ沖津に言い返した瑶一は四回目のため息をついてテーブルの上の婚姻届を見、五回目のため息をついてまた沖津を見た。

「今でもおまえなんかに大事な弟を任せるのはいやだ」

「はい」

真面目な表情になって沖津は頷いたが、凜一はびくりとしてしまった。

(……今、大事な弟、って言わなかったか?)

瑶一は不機嫌で偉そうな顔のまま、沖津を睨みつけている。

「だが、弟は不器用だ。なにをするにもどんくさくて、決断だって遅い。こんな有様じゃ見合いしたっていい相手をつかまえられるわけがないし、おまえを逃したら次に恋愛ができるのは三十年後とかだ。そんなに長期間、ひとりで生きていくだけのスキルもない」

言いたい放題は相変わらずなのに、六度目のため息をついた兄の不機嫌な顔は、不思議とあまり怖くなかった。

「だったら、ひとまずおまえにくれてやるのも、最悪の手段というわけではないだろう。腹立たしいが凜一はぞっこんのようだし」

「はい、それはもちろん」

「おまえが言うな、図々しい」

にこっとした沖津を睨みつけた瑶一は、ようやく凜一に視線を向けた。

「許可はするが一応だし、もし俺がいい相手を見つけたら離婚させるし、沖津が約束を違《たが》えた場合も即刻離婚だ」

「……約束、ですか?」

兄が怖くないかわり、少しずつ動悸がしはじめていた。文句ばかり並べているけれど、兄は本当に、沖津と凜一が結ばれることを認めようとしている、ようだ。あんなに反対していたのに、と困惑して横を見ると、沖津が穏やかに頷いた。

「凜一さんを幸せにするためなら、なにをしてもいいですって言った」

「っ、駄目だよ、なにをしてもなんて」

「凜一さんだって言ってくれたでしょ。なんでもするって」

「でも、僕は吉見くんが、そばにいてくれたらそれでいい」

兄が無理難題を押しつけたりしたら困る。たとえばコーヒーを売るのはやめて大企業に転職しろとか、海外で起業してこいとか——凜一が思いつかないようなことを言われたらどうするのだ。

慌てて沖津の腕に縋って兄のほうをきっと振り向く。

「よ、吉見くんにひどいこと言わないでください」

「——そんなことより、兄の前でいちゃつくのはやめなさい、目眩がする」

どうしてか、瑶一は天井をあおいで七回目のため息をついた。いちゃついてないです、と凜一は言い返そうとしたが、沖津がぽんぽんと背中を叩いてなだめてくる。

「約束は守ります。凜一さんのことは幸せにするので——どうぞ、よろしくお願いします」

すっと頭を下げる仕草は凜々《りり》しくて綺麗だった。

かっこいいなあ、とつい見とれてしまい、兄の八回目のため息で我に返った。瑶一はしばらくのあいだ動かなかったが、九回目のため息をついてペンを取り出した。

特別だぞ、と渋い口調で言いつつ、婚姻届の証人欄に署名して、十回目のため息をついて。

「本当に本当に、特別だからな。凜一が、誕生日だから……特別だ」

「……兄さん」

今日、十二月十二日はたしかに凜一の誕生日だ。でも、まさか兄が覚えていたなんて、とても信じられない。覚えていただけじゃなく、プレゼントみたいに沖津と結ばれるのを許してくれるなんて。

慮るどころか許してくれるなんて、今までの兄なら絶対ありえない。なにか特別なことでもない限り——そう、たとえば、余命宣告された、とか。

「兄さん。お願いです、教えてください。余命は、どれくらいなんですか」

　きっともうすぐ死んでしまうんだ、と思うと涙が滲みそうになって、凜一は身を乗り出した。

「もしもう残りが少ないなら、僕は――」

「おまえはなにを言ってるんだ」

　記入を終えた瑶一が、いやそうな顔で凜一を睨んだ。

「勝手に人を殺すんじゃない。余命は知らんが長生きする予定だ。一応八十七歳と設定している」

「え……八、？」

　それって五十年以上先では？　と混乱してしまう。横では沖津が笑いを噛み殺していて、手を握ってくれた。

「大丈夫だよ凜一さん。お義兄さん、教育入院だったんだって」

「……教育入院？」

　首をかしげて瑶一を見ると、彼は言いたくなさそうな顔で口をひらいた。

「ちょっとばかり仕事が忙しくてな。不規則な生活をしていて、うっかり倒れたんだ」

「倒れた!?　た、大変じゃないですか」

「べつに、そんなにおおごとじゃない。たまたま少し仕事が忙しくて、不摂生が続いただけのことだ。具合が悪いわけじゃないし、検査も必要ないと言ったんだが、数値が悪くて……仕方なく、生活習慣改善のために入院することになったんだ。それだけだ。余命とかそういうことじゃない」

　不摂生で倒れるのだって十分に危ないし、慢性疾患になることだってある。けれど、今日明日にも命が危ないというわけではないようで、くたっと力が抜けた。

「僕は……兄さんがわざわざ連絡をくれたから、危険な状態なのかと」

「勝手な早とちりをするな、迷惑だ」

「で、でも兄さんがちゃんと説明してくれれば……」

「言えるわけないだろう。日々の自己管理ができていないせいで入院まですするはめになったなんて」

鼻を鳴らした瑶一はそっぽを向き、腕組みした偉そうなその姿を、凜一は半分呆れて、半分ほっとして見つめた。

「安心しました。でも、これからは今まで以上に身体に気をつけないといけないんですよね」

「うるさいな、大丈夫だ。数値は格段によくなったし、俺も反省して気をつけてる。――おまえは自分のことだっておぼつかないんだから、せいぜい俺に迷惑をかけないように頑張りなさい。沖津と喧嘩しても助けてやらないからな」

瑶一は明後日の方向を向いたまま早口にまくし立てた。

「沖津もだ。俺を煩わせないようにしっかりしてくれないと困る」

「はい、頑張ります」

微妙に笑いを噛み殺したまま、それでもしっかりと沖津が頷いた。テーブルの上の婚姻届を回収し、必ず、と静かな声で言う。

「凜一さんと幸せになるので、見守っていてください」

「全然見守りたくはないがな。だいたいさっきからいちゃいちゃいちゃいちゃ、お互い触らないでいられないのか。さっさと帰ってそういうのは家でやれ」

「そうします」

応えた沖津が立ち上がって、凜一も慌てて腰を上げる。まだどこか信じきれない気持ちで兄を見下ろし、頑《かたく》なにこちらを見ようとしない横顔がほんの少しだけ赤いのに気づいて、ぎゅっと胸がよじれた。

「兄さん」

「なんだ」

「……ありがとうございます」

「礼を言われる筋合いはない。祝福はしてないいんだからな」

追い払うように手を振られたけれど、いやな気持ちにならなかった。なるほど、沖津の言ったとおり、兄も少し不器用なのかもしれない、とあたたかく思う。

失礼しますと頭を下げて外に出て、晴れた往来で沖津と顔を見あわせる。

「……ばちが当たらなくてよかった」

沖津が意外な単語を聞いたみたいに目を丸くした。

「ばち？」

「うん。吉見くんは、兄はきっと許してくれるって言ったけど。——僕は最初、兄を騙《だま》すつもりだったから。兄には浅はかだって言われたし、吉見くんにも、嘘をつくより本当の相手を探したほうがいいって言われたなって……その、きみと、ちゃんと結ばれてから、反省したんだ。僕は本当に間違えていたって」

「——うん」

歩き出しながら、沖津は手をつないでくれる。優しい眼差しに促されて、凜一は「だから」と呟いた。

「兄が怒って許してくれなくても、それは当然だと思ってた。ほかにも、もしかしたら兄の病がすごく進行しているとか、なにかよくないことがあったら、僕のせいで、当然の報いだと思って」

「凜一さんは考えすぎちゃうところが玉に瑕《きず》だよね」

ふふ、と沖津はかろやかに笑う。

「嘘もお義兄さんのためだもん。一度間違いをおかしたなら、やり直せばいいんだし、ちょっと方法を間違えたくらいじゃ、神様だって意地悪はしないと思うよ」

「──そう、かな」

「俺も凜一さんのこと好きだったから、早くくっつけってはっぱをかけてくれたのかもしれないし。それにね」

つないだ手を揺らし、顔を寄せて、沖津はいたずらっぽく目を輝かせた。きらきらする瞳に、凜一は思わず尻尾を振る。

「それに？」

「もしなにか悪いことがあっても、凜一さんはひとりじゃないでしょ」

「……吉見くん」

「俺がいるよ。大丈夫」

「───うん」

沖津に言われると、本当に大丈夫な気がするから不思議だ。すごく安心する、と思いながら、凜一は空いている手を差し伸べ、沖津に抱きついた。

きみがいてよかった、と囁いて目を閉じればすぐに短いキスが返ってくる。

（このひとが、僕の選んだ人なんだ）

運命より大事な人だから、あたたかい沖津の匂いに包まれていれば、ずっと未来まで、なんだってきっと大丈夫だ。

新妻は可愛い銀色きつね

「じゃあこんどは、よしみくんはおはなやさんで、ぼくが、とーりのおべんとやさんね！」

得意げに狼《おおかみ》の耳と尻尾《しっぽ》を動かす幼い子供に、沖津《おきつ》吉見《よしみ》は目を細めて頷《うなず》いた。

「お花屋さんだね。頑張るよ」

「よーい、どん！」

元気にかけ声をかけた子供は、一メートルほど離れたところで座っている赤ちゃんに向かって両手を広げた。

「ひたかっ！　ひたか、こっちだよー。おにーちゃんのおみせはこっち！」

赤ちゃんは兄の声に可愛《かわい》らしいうさぎの垂れ耳をちょっと持ち上げ、にこっと笑うとはいはいしはじめる。沖津も一応、「こっちはお花屋さんだよ」と声をかけた。

「大好きなお兄ちゃんへのプレゼントに、お花もいいんじゃないかなー？」

言ってはみたが、赤ちゃん――灯貴《ひたか》は全然聞いていない。まっすぐ兄のところに向かうと、珠空《たから》がぎゅっと抱きとめた。

「ぼくのかち！　やっぱりひたかは、おにーちゃんがすきだよね！」

「また負けちゃったなあ」

ふわふわした服を着た半獣うさぎの赤ちゃんを、まだ小さい狼の半獣の男の子が抱っこしている光景は微笑《ほほえ》ましい。ふんっ、と鼻息も荒く得意そうな珠空を見ていると、なんとなく自分に似ている気がしてくすぐったかった。

（俺も凜一《りんいち》さん抱き寄せてるときこんな顔してそう）

きゃっきゃと笑う弟に、珠空は頰《ほお》をくっつけて幸せそうだ。尻尾は左右に揺れていて、抱きしめたまま沖津を見てくる。

「じゃあねじゃあね、こんどは——」

「珠空。そろそろ食事ができそうだから、おもちゃをしまいなさい」

穏やかだがきっぱりした声がかかって、子供にあわせて床に座っていた沖津は後ろを振り返った。

ソファに座って見守っていた子供たちの父親、東《とう》桜路貴臣《おうじたかおみ》が立ち上がって近づいてくる。

「片付けるあいだは私が灯貴を見ているから」

「……はーい」

一瞬残念そうな顔をしたものの、ただよってくるいい匂いに気づいたらしく、珠空は素直に片付けをはじめた。東桜路は優しい目を向けている。

「お子さんたち、二人ともすごくいい子ですね」

「ああ、灯里《とうり》のおかげでね。……きみも、相手をしてくれてありがとう。珠空は人見知りすることも多いんだが、楽しそうだ」

「嫌われなくてよかったです」

にこっと笑い返しつつ、子供たちがいてくれてよかった、と沖津は思う。もしこの待ち時間が東桜路と二人きりだったら、もっと緊張したはずだ。誰かと向きあって緊張するなんてことは、沖津にはめったにないことなのだが。

（……東桜路さん、凜一さんと同じ職場なんだもん）

結婚しているとはいえ、いかにも落ち着いた大人の男性で魅力的だし、なにしろあの凜一が自分から声をかけた相手なのだから、意識するなというほうが無理だった。

もっとも、彼に意を決して声をかけた理由は沖津のためなので、それを思えば嬉《うれ》しい。凜一は、沖津にばかりいろいろしてもらうのは不公平だと主張して、人気のお弁当屋さんをやっているという東桜路の奥さんに料理を習おうと、東桜路に頼んだのだ。

全部頼ってくれたって全然いいのに、と思う一方、「こんなふうに、なにかしたいって思うのも初めてなんだ」と言われてしまえば、反対するわけにもいかなかった。東桜路は凜一に世話になっているからと、快く奥さんに確認してくれ、奥さんのほうは「貴臣さんの会社の方ならぜひ」と快諾した上、夫婦だからと沖津も招待してくれた――今日沖津はここにいる、というわけだ。

凜一さんて、職場ではいつもどんな感じなんですか、と聞きたいのをぐっと呑《の》み込んだとき、キッチンから東桜路の妻、灯里が出てきた。

「お待たせしました、どうぞ座ってください。珠空も、手を洗ってこようね」

サラダボウルを四つ載せたトレイを持っている彼は、灯貴と同じうさぎの垂れ耳がある。数少ない半獣オメガだという灯里は、ふんわりとして優しげで、見るからに幸せそうだった。

私が連れていこう、と東桜路が灯貴を抱いたまま、珠空を洗面所に連れていく。見送って、カトラリーがすでにセットされたダイニングテーブルにつくと、凜一がようやく姿を現した。

ぴんと立った銀色のきつね耳が小刻みに動いているのは緊張のせいだろう。真剣な顔で運んできた皿を沖津の前に置いてくれ、沖津は素直に感心して声をあげた。

「すっごい、おいしそう！」

「……味見したんだけど、ちゃんとおいしかった。灯里さんのおかげで」

「凜一さんがきちんと手順どおりに作ったからですよ。どうぞ、吉見さんのお隣に座ってくださいね」

子供用の椅子《いす》の位置を動かして、灯里が微笑んでくれる。東桜路と子供たちも戻ってきて、料理の皿もすべて並ぶと、大きなダイニングテーブルもいっぱいになった。珠空と灯貴はそれぞれ灯里と東桜路の隣で、子供向けの食事を並べてもらっている。

「今日のメニューは、ハンバーグの梅酒煮込みと、ポテトサラダ、レタスとトマトのスープです。子供たちはトマト煮込みで、吉見さんはせっかくなので、両方どうぞ」

「灯里のこのハンバーグは本当においしいんだ」

東桜路が誇らしげに妻を見やる。

「冷めてもおいしいとかで、店でも人気なんだよ」

「味はしっかり濃いめなんですが、酸味があってさっぱりしてるので、女性にも男性にも好評なんです。凛一さんも味見しておいしいって言ってたので、吉見さんにも気に入ってもらえるといいんですけど」

灯里は少し心配そうだったが、トマト煮込みも梅酒煮込みも、どちらもおいしそうだった。これを凛一さんが頑張って作ったんだ、と思うと見た目から愛《いと》おしくて、切り分けて口に運ぶ。

「――ん！　すっごい、うまいです」

お世辞ではなくおいしい。甘じょっぱいたれはほんのり梅の香りで、パンにもごはんにもあいそうだった。

「……よかった」

隣で緊張しきっていた凛一が、ため息と一緒に耳を倒す。じっと見つめてくる目はまっすぐで、沖津を幸せな気持ちにした。

「すごいね、凛一さん。初めてでこんなに上手にできるなんて」

「それは……灯里さんが上手に教えてくれたから」

「凛一さん、すごく丁寧だし記憶力もいいので、すぐに上達すると思いますよ」

にこにこ笑ってくれる灯里はオメガだけあって可

愛らしいけれど、沖津から見ればアルファである凜一のほうが百倍可愛い。頑張ります、と年下のオメガに神妙な顔をするところも愛おしいし、こんなに頑張って夜は疲れちゃうんだろうなと思うとそれも可愛い。ほっとしたらしく控えめに尻尾が揺れているのなんて目眩《めまい》がしそうだ。

可愛すぎて、沖津の目下の悩みは、自分が道を踏み外しそうなことだった。

「でも驚きました。以前お店に来てくださった方が凜一さんで、貴臣さんと同じ職場の方だなんて思わなかったので」

「真野《まの》が会社で食べて、言いふらしたらしいんだ。灯里のお弁当が恋に効くって」

東桜路は目を細めて妻を見やる。

「意外と本当かもしれないなと私も思えてきたよ。こうして蘇芳《すおう》くんと沖津くんも結ばれたわけだし」

「——え？」

びっくりして、つい声が出てしまった。恋に効く弁当なんて初耳だ。しかも、今の会話を聞くかぎり、以前に凜一が、わざわざこの街まで買いにきたらしい。

全然知らなかった、と横を見ると、凜一は露骨にうろたえて頰を赤くしていた。

「っそ、それはその……あの、僕は、本当に効くと思っていたわけではなく、そ、その時点では友達になりたいと、思っていて」

本当なんだ、と言い訳しながら、沖津を見る表情は泣き出しそうだった。

「きみに頼むときに、恋人のふりをしてもらうわけだから、頼みを断られないためにも縁起をかついでおこうかと……いや、それだって褒められたことじゃないのはわかってるけど」

「べつにいやだと思ったりしてないよ。初めて聞いたからびっくりしただけ」

どうしてそこで、「悪いことをした」みたいに思っちゃうかなあ、と微笑ましくなった。完全に慌ててしまっている凜一の背中に手を添えて、ゆっくり撫《な》でてやる。

「むしろ嬉しいよ。いっぱい考えて、成功しますようにって思いながら声かけてくれたんだなってわかってよかったし、結果として一緒にいられるんだから、凜一さんが頑張ってくれてよかった」

そう言ってもまだ、凜一がこちらに向ける視線は遠慮がちだった。

「気持ち悪くない？」

「どうして？　俺だってそのころからいいなーって思ってたもん」

両思いになった上、現在はちゃんと婚姻届も出したほやほやの新婚だというのに、凜一はどうにも自信がないらしい。子供もいる食卓だけれど、これくらいはいいよねと、沖津は彼の耳元に口を寄せた。

「もっと好きになっちゃったから、安心して」

「……吉見くん」

へにょっ、と凜一の耳が倒れた。唇がもの言いたげに動いて、ああキスしたいな、と沖津は思う。人前じゃなければ、するのに。人前でだって、いくらでも見せつけたいのに。

キスするかわりにもう一度背中を撫でて、「冷めちゃうから食べよ」と声をかけると、凜一はおとなしく頷いた。

微笑ましそうに見守ってくれていた灯里が静かに口をひらく。

「僕の作るお弁当は、おいしかったらいいな、喜んでもらえたらいいなとは思ってますけど、恋愛成就に効果なんてないですよ。お店にいらした方にも、そうお伝えしてるんです」

「……そういう評判が立つのって、いやだったりします？」

同じ飲食業を営む身としては少し気になる。灯里は小さく首をかしげた。

「いやではないんですけど、期待して効かなかったってがっかりされたら申し訳ないので……もし、わざわざ来てくださった方が『おいしい』って思ってくれて、頑張るきっかけになれれば嬉しいですけど、恋にかぎらず、うまくいくかどうかは、運だけじゃなくて、その人の努力にかかっているんじゃないでしょうか」

灯里ははにかむように自分の伴侶に視線を向ける。

「貴臣さんは僕の運命のつがいですけど、きっと運命じゃなくても好きになったと思うし、そういう人と出会えたのはとっても幸せだなって思います。会えたこと自体が、幸運なのかもしれません。でも、その幸運を僕がお分けできるわけじゃないですから」

「……ほんと、そうですよね」

頷きながら、そうか、と思った。東桜路と灯里とは、運命のつがいなのだ。

ほんのわずか複雑な気分になった沖津の横で、凜一が身を乗り出した。

「運命のつがいというのは、どうやってわかるんですか？」

そう聞く表情は真面目《まじめ》だった。東桜路と灯里は顔を見あわせて、お互いに笑う。

「それが、ぼんやり想像してたみたいな、出会ったらすぐわかる、とかじゃなかったんですよ」

「――そうなんですか？」

「はい。ただ、最初から懐かしい感じがして。すぐ、好きだなあって思ったんですけど……」

「私も、すぐに惹《ひ》かれたが、理性的じゃないと自制していたんだ。ほかにかわりのいない特別な相手だとわかったのは、ちゃんと言葉で気持ちを伝えあって——そこで初めて、理性では抗《あらが》えないものがあるとわかった感じかな。首筋を噛《か》んで、お互い身体《からだ》が変わる感覚があって、それで理解した」

言い添えた東桜路が手を伸ばして灯里の耳に触れる。子供ごしにそっとキスして見つめる姿は、この上なく満ち足りて見えた。

「以来私はほかのオメガの発情にも反応しないんだ。薬の研究者としては便利でいい」

「僕も、発情期が近づいても外ではフェロモンがほとんど出ないみたいです。家ではその……い、いっぱい出てしまうんですけど」

ぽっと赤くなって照れながら、灯里は凛一と沖津に晴れやかな目を向けた。

「首を噛んで身体ごと変化するような結びつきはオメガとアルファの方にしかなくても、僕たちが最初に感じた、その人にしか感じない気持ちって、実は大勢の人にあるんじゃないかなって、最近は思うんです。だから、凛一さんも、もっと自信を持ってもいいと思いますよ」

「……ありがとう」

感激したのか、凛一の声は少し震えていた。料理をしながらなにか相談したのかもしれない、と思い当たって、沖津もじぃんとした。他人には頼れない、と張りつめていた凛一からは信じられない。

それだけ彼が自分を好きなのだ、と思えば誇らしいが、沖津としてはやや複雑だった。

可愛くて繊細なところのある凛一の魅力が他人にも丸わかりなのは不安がないとはいえない。それに、アルファとオメガの「運命のつがい」みたいに、強制的にお互いとしか結ばれないように変化できないのは、やっぱり少し悔しい。

(俺だって、できることなら無理にでもつなぎとめておきたいよ)

誰にも――凜一にも言えないけれど、自分だけの大切な誰かを持つことは、焦燥に近い望みだった。

誰かの特別でいたい。誰かを、特別に愛したい。

子供っぽい執着なのは自覚している。家族は大好きで愛していて、家族からも愛されていると知っていても、養子だという事実が長く自分の中で棘《とげ》になっているのだ。それから、本当に大切だった恩師に、切り捨てられて亡くしたことが。

恩師に対して抱いていたのは恋愛感情ではなかったと思う。けれど、彼女から切り捨てられたのだ、という事実が(それが彼女の思いやりなのだと理解していても)今でも重い。

その分、凜一に対しては、愛しても愛しても足りない気がする。できるなら毎日抱き潰したいほどで、けれど実際にそうしても、きっと足りない感じはなくならないのだろう、とも思う。

(――お兄さんに、幸せにするためならどんなことでもするって言っておいてよかった)

誰かにそう約束して自分を戒めておかないと、好きすぎて暴走してしまいかねない。

いつか閉じ込めちゃわないように気をつけないと、とそっと盗み見た凜一は、感激の抜けきらない横顔を見せて、ハンバーグを口に運んでいた。

高貴さをただよわせる銀色の耳と尻尾。普段は凜として人を寄せつけない、隙《すき》のない秀麗な顔立ち。背だって平均より高く、甘やかで可愛いとか、ふわふわしているとか、そういうイメージはない。一番しっくりくるのは「美しい」という形容詞だろうか。中身の繊細さも含めて、美しい人だなと沖津も思う。ときに無垢《むく》さが不安になるほど。

（……凜一さんだったら、閉じ込めるよって言っても喜んでくれちゃいそう……）

嬉しい、と言われかねないから、よけいに気をつけなければいけない。自分勝手な独占欲で、損ねてしまわないようにしなければ。

ゆっくりゆっくり、と内心でとなえながらハンバーグを平らげ、最後に残ったスープを飲み干す。大事な新妻が頑張って作ってくれた手料理が身体に染み込んでいくのが嬉しい。記憶力はよくても器用じゃなくて、考えるのも話すのもゆっくりな凜一が、沖津は好きだ。

だからゆっくりにしよう、と決めたのだ。一緒になにかするときも、セックスのときも、これからの二人のことを考えるときも。結婚まで駆け足できたから、その分、ゆっくり時間をかけて、凜一に慣れてもらって。

じっくり考えて、凜一自身にも選んでほしい。何回でも、沖津のことを選んでほしかった。

食後は手土産《みやげ》に持っていったコーヒー豆を使って東桜路がコーヒーを淹《い》れてくれ、後片付けは沖津と東桜路でして、凜一はぎこちなく子供たちと触れあい、夕方になる前に家を出た。

二人でいっぱい出かけられるようにと買った小さな車に乗り込むと、凜一は満足そうに長いため息をつく。

「楽しかった」

「うん、俺も」

東桜路家に午前中に着いたときには緊張していたのに、凜一もちゃんと楽しめたらしい。それが嬉しかったのか、助手席からきらきらする目を向けてくる。

「吉見くんの実家でも大丈夫だったし、東桜路さんのところも大丈夫だったし——なんだか、無敵になった気がする」

「うんうん。今までやったことなかっただけで、凜一さん、べつに人付き合いが苦手なわけじゃないと思うよ」

「吉見くんがいるからだよ」

ふふ、とだいぶ自然になった笑みをわずかに零《こぼ》して、凜一は自分の手を見る。

「子供も抱っこしてしまった……」

「尻尾、人気だったね」

狼よりも膨らんでふっさりしたきつねの尻尾が目新しかったらしく、珠空も灯貴もじゃれていた。灯里は恐縮して謝っていたけれど、銀ぎつねの凜一、ロップイヤーの灯里、狼の珠空に、灯里と同じロップイヤーの小さな灯貴という、年齢の違う半獣ばかりが和気藹々《わきあいあい》としているのを見るのは心あたたまるものがあって、東桜路と二人で見とれてしまった。

俺と凜一さんだと、きつねの子が生まれる可能性もあるんだよなあ、と考えたとき、凜一が小さな声でなにか言った。

「え？　ごめん、聞こえなかった」

「……か、可愛いかな、って言った」

「凜一さん？　可愛いよ」

「僕じゃなくて……そ、その、赤ちゃんが、産まれたら」

「……俺との？」

「………」

うん、とは言われなかったが、ほんのり目元を染めて俯《うつむ》いた表情は間違えようがなかった。一瞬、抑えがたい強烈な喜びが駆け巡り、沖津はそれでも自制した。

（そりゃ、赤ちゃんできたら凜一さんはもっと俺のこと好きになるだろうし、離れられないって思ってくれるかもしれないけど、それじゃ駄目だろ）

「そりゃもう、絶対可愛いに決まってるでしょ」

「——吉見くん、珠空くんたちとも、上手に遊んであげてたね」

「うん。子供って好き」

でもね、と誤解させないようにやわらかく、沖津は言った。

「俺と凜一さんの子供は百パーセント可愛いし、できたら最高に幸せだけど、急ぐつもりはないし、絶対いなきゃ駄目でもないからね」

「……で、でも、今日、僕も、いたらきっといいものなんだろうなって思った」

「ほしい？」

「——う、ん」

こくん、と凜一は頷いてくれて、ああ可愛いなあ、としみじみする。ときどき、疑問になるくらいだ。

この人はどれだけ俺を好きなんだろう。好きな気持ちが大きさや濃さで目に見えたら、どんなに大きいか、深い色をしているかを想像すると、背筋が伸びる。

「じゃあ、ゆっくり頑張ろう」

「……たしかに、僕にはまだ親になる資格はないかもしれないけど……」

「ゆっくりっていうのは、凜一さんが頼りないからとか、そういうことじゃないよ。それで言ったら誰だって、初めてのときは初心者なんだし。そうじゃなくて、俺たちまだ結婚したばっかりでしょ」

「……うん」

「もし子供作ろうってなったら、エッチだっていっぱいしないといけないんだよ。アルファとベータだと、まず凜一さんのほうが、卵子出るようになるまでちょっとずつ身体を変えないといけないんだから」

「――それは、が、頑張る」

「むやみに頑張って体調くずしたら意味ないし。凜一さん自分では気づいてないかもしれないけど、年末から慣れないことがいっぱいあったから、身体はけっこう疲れてるよ」

凜一の誕生日に、彼の兄に結婚を認めてもらってから、まだひと月ほどしか経《た》っていないのだ。正月には静岡《しずおか》にある沖津の実家に行って、婚姻届の証人欄を埋めてもらい、休み明けに届を出してからは十日余り。

気持ちが昂《たかぶ》っているのだろう、凜一は幸せそうだし、沖津の両親や妹と話すのだって、慣れたら楽しそうにしてくれた。でも、今は一緒に生活しているからわかるのだ。夜は早くに眠くなってしまうし、休みの日は目覚ましが鳴っても起きなくて、沖津が起こすまで無防備な顔をして寝ている。

「凜一さんは頑張り屋さんだから、うっかりすると頑張りすぎちゃうんだよね。だから逆に、焦っちゃ駄目だと思うよ」

運転中で抱きしめられないのがもどかしい。せめても、できるだけ優しく視線を投げかけて、沖津は明るく言った。

「俺たちずっと一緒でしょ。ゆっくり、ちょっとずつにしよう」

「──そうだね」

凜一は眩《まぶ》しそうな顔でまばたきし、自分を納得させるように頷いた。これはまだ半分くらいしか納得できてないな、と沖津は思い、帰ったらいっぱいキスして抱っこしてあげよう、と決めた。

甘えるのが苦手な凜一をたくさん甘やかして、今日もゆっくり寝かせてあげるのだ。沖津だってセックスできたらそのほうがいいが、無理をさせるわけにはいかない。

ちょっとは我慢しないとね、と考えて、沖津は慎重に車のハンドルを切った。

一月の寒さは厳しい。おでんで身体をあたためて、凜一を先に風呂に入らせてから、部屋も探さないとな、と沖津は思う。凜一はこのままここでいいと言うけれど、さすがに二人で住むには狭い。一緒に暮らしてはいるが、凜一の持ち物の大半は、まだ彼のマンションに置いたままだ。

（凜一さん、新しいところも広くないほうがいいとか言うんだよなー。一緒の部屋で寝たいからって、あの人可愛すぎじゃないかな）

幸せな惚気《のろけ》を脳内で繰り広げつつ後片付けをしていると、風呂に入ったはずの凜一が戻ってきた。

「あれ？　もう上がったの？」

「……シャワーだけ」

沖津とお揃《そろ》いのパジャマを着た凜一は、なにか言いたそうに俯いて、ふさふさの尻尾を揺らしている。

やっぱりパジャマも半獣用にお直ししてもらってよかったな、と全然関係ないことを考えてしまってから、近づいて抱きしめた。

「ちゃんとあったまってくればよかったのに。眠くなっちゃった？」

耳を撫でつけてやろうとして、髪が濡《ぬ》れていないのに気づき、沖津は眉《まゆ》をひそめた。凜一は俯いたまま肩先に額を押しつけてくる。

「が……頑張りたい、と、思って」

「え？」

「ほんとに、疲れてない。……いや、疲れてるかもしれないけど……先週、も、僕が寝ちゃって……しなかった、から――――もし、吉見くんが、いやじゃなかったら……」

聞き取れないくらい小さな声で一生懸命言われて、じりっと胸の奥が痛んだ。

もしかしたら、失敗してしまったかもしれない。ゆっくりでいい、と言った思いを凜一が誤解することはもうないはずだけれど、先週寝落ちしたことを、予想以上に凜一が気にしていた可能性に思いいたらなかったのは自分のミスだ。

（ああもう、可愛いなあ）

ぎゅっと抱き寄せて、沖津は凜一の耳に口づけた。

「したくて、シャワーだけで出てきてくれたの？」

「……っ、う、ん」

「俺に悪いなとかじゃなくて、凜一さんもエッチしたいなって思えてる？」

「……うん」

きゅっと控えめに抱き返した凜一が、ぎこちなく腰を押しつけてくる。

「ずっと一緒だけど……どうせ時間がかかるなら、その、赤ちゃん産めるようにって、今から頑張っても、いいんじゃないかと、思うし、それに、それに……」

「それに？」

「——え、エッチ、したほうが、いっぱい、キスも、できる」

ちらっ、と窺《うかが》うように凜一が顔を上げ、沖津はうっと息をつめた。可愛い上に色っぽい。健気《けなげ》でいじらしくて、どうにかなりそうだ。この場で引き倒したいほどの衝動を押し殺して、額をくっつける。

「嬉しい。俺も、いっぱいキスできたらいいのにって思ってた」

「……ほ、本当？」

「うん。凜一さんに無理させたくないけど、やっぱり好きだもん、触りたいよ。……明日は家でゆっくりしようね」

「うん……、ん、……っ」

薄くひらいた唇を塞《ふさ》いでキスをして、パジャマの下に手を入れて撫でながら移動する。ベッドに上がった凜一が自分から仰臥《ぎょうが》するのを噛みつきたいような思いで見つめ、沖津は潤滑剤を手にした。今日は先につながろう。それからゆっくり、いろんなところを愛してあげよう。

パジャマを脱がせて自分も服を脱ぎ、せっかく仰《あお》向《む》けに寝てくれた身体を引き起こす。向かいあわせにして膝《ひざ》の上に抱き上げると、凜一はうろたえたように視線を泳がせた。

「よ、吉見くん……これ、」

「今日はつながってから、いっぱいキスしよう」

「つながってから？」

「うん。俺が凜一さんのお尻をほぐすあいだに、凜一さんは俺のにジェル塗ってくれる？　そうしたらすぐ中に入れられるから」

潤滑剤のボトルを開けて見せると、凜一は恥ずかしそうにしながらも両手を出した。両手なところが可愛すぎる、と思いながら、たっぷり手のひらに出してやる。

「これでこすってね。お尻ちょっと上げて……うん、上手」

褒めてやって濡れた手で尻のあわいを探る。つぷんと窄《すぼ》まりの中に中指を埋めると、凜一はさあっと肌を染めた。

「んっ……は、……っ」

ゆらゆら腰を前後させ、銀色のきつね耳はぺたんと後ろに寝てしまっている。すっかり身をゆだねるモードになって、目を潤ませながらも、凜一はそっと沖津のものに手を添えた。触れてから、困ったように眉を寄せる。

「……吉見くんのって……お、おきいよね」

「凜一さんも大きいほうでしょ」

「っで、も……っこんなにおっきくな……あ、……っう、んっ」

中をいじられて声を零しながら、ぎこちない手つきで扱《しご》き上げる仕草がたまらない。すんなりした両手で挟んでくれた凜一は、こすりながらまばたきして見つめてくる。

「こ、これでいい？」

「うん、上手。少しこすったら、右手で握って、しっかり塗り込んでくれる？　先っぽにも」

「わかった」

あまりに素直に頷かれ、いけないことを教えている気分になる。ごく弱く指が絡みついて、ぬるぬると言われたとおりジェルをまぶしてくれるのを眺め、沖津も指を動かした。注意しないとわからない、ささやかな膨みを探し当ててこりこりと押すと、凜一の腰が跳ね上がった。

「っ、あッ、そ、そこ、いや、だっ」

「達《い》っちゃうとこだもんね。でも、出しちゃっていいんだから、そろそろ好きになってほしいなあ」

周囲も優しくいじってやり、敏感なところは指先でタップする。凜一は震えながらせつない声を出した。

「い、いくと疲れちゃう、から……っぅ、んっ、や、……っんんっ」

「今日は抱っこでするから、疲れちゃっても大丈夫だよ」

「っ、でも、すぐ、入れるって言った……っ、つながってから、キスする、って、」

抗議しながらも沖津のものを握ってくれているのがいじらしい。さっきよりもぐんと張ってしまった己を見下ろし、そうだね、と頷いた。

「じゃああんまりいじらない。凜一さんのお尻、慣れてきてやわらかいから大丈夫そうだし」

「うん……だいじょ、ぶ、だから」

ほっとしたように凜一が手を離すと、ジェルがねっとり糸を引く。淫《みだ》らな眺めによけいに煽《あお》られ、沖津はことさらににっこりした。

「じゃあ、後ろ向いてね。後ろから抱っこでしよう」

「っ、後ろ？」

「うん。そのほうが、一番奥まで入れられると思う。そこまで入れたほうが、妊娠しやすくなるって聞いたし、キスは振り返ってもらわないとできないけど――今までより深いとこに入れられるのはいや？」

自分でも驚くくらい優しい声が出る。誘導する聞き方は卑怯《ひきょう》だ。なのに、凜一は溶けそうな表情をしてくれる。

「そっか……吉見くんの、こんなに大きいもんね――もっと奥、でも、いやじゃない」

そう言って、欲情してふらつく身体で背中を向けてくれる凜一を、沖津は抱きしめた。可愛い。困るくらい可愛い。弾力のある尻が自分の性器に当たるのを感じながら、髪と耳とに口づける。

「怖くない？　今まで出なかった卵子が出たりして、変わっちゃうの不安じゃない？」

「平気。……吉見くんが、一緒だから」

沖津が腰を摑《つか》むのにあわせて尻を浮かせた凜一は、照れてはいるけれどきっぱりしていた。

「好き、だから」

「――俺も、凜一さんのこと、大好きすぎるよ」

凜一にばかり変化を押しつけるのは少し申し訳ない。でもその分、捧げようと思う。凜一の兄に宣言したときも、婚姻届を出したときも、絶対凜一と幸せになろうと決めたけれど、改めて誓いたい。

「今まで出会った人に、一度も言ったことない言葉が一個あって」

ぴったり亀頭を窄まりに当てて、凜一の腰をゆっくり引き寄せる。

「それはこの先も、凜一さんにだけ言うね。――愛してる」

「っ、吉見、く……っ、あ、……あ、あッ」

潤滑剤をまぶした沖津の性器と凜一の孔《あな》とは、抵抗もなくずぶずぶと結合していく。なんなく奥の壁に切っ先が当たり、凜一は耐えかねたように身をくねらせた。

「っ、おく、きて、る、……きて、……あ、……ッ」

「凜一さんがぬるぬるにしてくれたから、すぐ入ったね」

ひくつく彼の内側は心地よく熱い。そっと突き上げると震えてうねり、沖津の分身を締めつけてくる。荒い息をつく凜一の胸に手を這《は》わせると、甘い喘《あえ》ぎがあがった。

「あぁっ……あ、響、く、あ……っ」

「おっぱいいじると中も気持ちよくなっちゃう？　すごく締まってる」

「んっ、ん、きもち、い……っあ、……ふ、ぁっ」

きゅんと締まる襞《ひだ》をかき分けて揺すると沖津も気持ちがいい。数回奥壁を刺激すると、大きく仰《の》け反《ぞ》った凜一が小刻みに震えた。

「う……んっ……は……っぁ……っ」

「あ、嬉しい。すぐ達けちゃったね」

不規則に波打つ下腹を撫でると、性器から零れた精液でねばついている。幹を握るとうなだれたそれがぴくんと動き、切羽詰まった声が溢《あふ》れる。

「待っ……出た、から、さわった、ら……あっ、なか、や、ぁ……ッ」

「お漏《も》らししちゃう？」

「するっ……もれちゃ、からっ、あっ、……ん、あ、あ、ぁあッ」

扱きながら数回穿《うが》ってやると、ぷしゅ、と透明なものが噴き出してくる。凜一の身体ごしに股間を覗《のぞ》き込み、沖津はわざと強く腰を使った。押し込むように奥壁を突くのにあわせて、凜一のペニスからは何度も潮が出る。

「——ッ、は……んっ、や、あっ……ん……ッ」

数回噴くと凜一はひくりと背中を反らし、射精しないまま達した。体内が蠢《うごめ》いて締まってはゆるみ、沖津のものを食い締めるたびにかすかな喘ぎが響く。

「ぁ……っ、……ふ、……ぁ……ッ」

快楽の波に襲われて震える凜一の顔を、沖津はじっくり見つめた。後ろから覗き込むだけでは顔の全部が見えないのがもどかしいが、全身を預けてもらっているから、こまかな震えもすべて伝わってくる。

達したときにぴんとこわばった尻尾は、快感にあわせてゆっくり動いていて、沖津の腹や胸を優しくくすぐっている。

ようやく絶頂が終わると、凜一はぼうっとしたまま振り返った。

「いちばんおく……はい、った？」

「まだだよ。これから」

キスしながら沖津は凜一を抱きしめ直す。まだ、と残念そうに呟《つぶや》く凜一を前に向かせ、うなじにもキスする。

「力抜いてて。――凜一さんが、一番奥でも気持ちよくなってくれるといいんだけど」

中には、深すぎる結合に苦痛を覚える人もいるという。もし苦しがるようならやめてあげなければ、と自分を戒め、はやる気持ちをなだめて左脚をかかえる。斜め上に持ち上げるようにすれば当然、凜一は前のめりになる。そこにかぶさるようにして――突き入れた。

「――っひ、……あ、……あ、あッ！」

逃げ出したいように凜一の身体がくねる。それを半ば本能で押さえつけ、潤んだ蜜壺《みつつぼ》の奥へと己をねじ入れた。ずぶっ、と狭いところを通り抜ける感覚があって、吸いつくきつさに背筋がぞくぞくする。

「……あ、……あ、あ……、」

絶え入りそうな声を零して、凜一が震えている。可哀想《かわいそう》だと思うのにとまらずに、一度引き抜いて再び狭隘《きょうあい》に突き入れると、かくん、と凜一の頭が落ちた。

「っぁ、……は……っ、……ッ、……あ……っ」

「ごめんね。苦しい、よね」

歯ぎしりしたいほど気持ちよかった。たぶん、一度抜いたほうがいい。せめて少し休んで、慣らしてあげなければ。

そう思うのに、できなかった。逃げられないように左脚をかかえ、より深く、ひずませる勢いで攻めたてる。

「——ッ、あ、……っ、は、……あ、……あ……ッ」

がくがくと揺さぶられてきつねの尻尾が揺れる。それを撫で上げると凜一はきゅうっと肉筒を締め、シーツに爪を立てた。

「よ……し、み、く……っあ、……っ」

「つらい？　やめたい？」

「ん、ちが……っ、ちがく、て、……ッ」

不自由な体勢で首をひねり、無理に振り向いた凜一の目元は、生理的に零れたのだろう涙で濡れていた。上気し、とろけてもなお苦しげな表情で、掠《かす》れた声を出す。

「へいき、だから……こ、のまま、いっぱ、い、して……っ」

「……凜一さん」

「かわ、れるなら、変わり、たい……っ、すき、だ、から……や、めな、……いで」

「……っ」

きん、と強い耳鳴りがした。わずかに遅れて血が沸騰するような感覚がして、唸《うな》る声が漏れる。

「好き」

焼けつく強さでそう思う。凜一の左脚を上げさせたまま抱きついて、沖津はうなじに唇を押しあてた。

「凜一さんを、変えてあげるくらいしかできることがなくてごめんね。壊しちゃいそうなくらい好きなのに、愛してても、できないことがあってごめん」

「っ、もし、だめ、でも、好き？」

ひとすじ涙を零して、凜一が見上げてくる。沖津にしか見せない、脆《もろ》くて繊細な表情。

「もちろんだよ。俺は、凜一さんだけいてくれたらもう、十分すぎるくらい幸せだもん。……誰より、愛してる」

俺のものにしたい、という欲望で爆発しそうだった。独り占めしたい。誰も愛せないように全部明け渡してほしい。自分の全部を差し出してかまわないから。

ぐん、と穿つと、つながった場所がぐしゅりと音をたてた。唇を震わせた凜一の顔が快感を覚えたようにゆるみ、もう一度突くと大きく下腹が波打つ。声もあげられずに悶《もだ》える様を見つめて、沖津はその下腹を撫でた。

「ここ、入ってるのわかる？」

「ッあ、……わ、わか、……あっ、あぁッ」

「来週も、ここまで入れようね。無理しないで、ゆっくりだけど、いっぱいしようね。凜一さんが気持ちよくなって、毎日でも入れてほしいって思っちゃうまで、何回も」

「す……る、ぅっ、あっ、……まいにち、……した、あ、アッ」

「もう気持ちいいの？」

沖津が腰を使うたびに、狭くくびれた先はどろどろと潤んでいく。本来は雄である凜一の身体の内部から、雄を受け入れるための愛液が染み出しているのだ。出し入れすればくびれがほどよく亀頭を締めつけ、舐《な》められているような気分になる。あまりに強い快感に、やや速く穿ってしまうと、凜一の身体は達したみたいにひくひくした。

「き……も、ち……っ、い……ッ」

意識を飛ばしたように凜一の目の焦点はあっていない。快感はちゃんとあるようだが、さすがに最奥を穿たれるのに、苦痛がゼロだとは思えない。沖津は極力優しく、耳を甘噛みしてやった。

「何回もここで愛しあったら、もっと気持ちよくなれるんだよ。お尻が濡れちゃうくらい抱かれたい気持ちになったら、教えてね」

「……っ、ん、わ、わかっ、あッ、ん、……ッ、あ、い、いく、いく……ッ」

「うん、達って。俺もすごく気持ちいいから、もう出すね」

我慢をやめればすぐにでも射精できる。突き上げるのにあわせて健気に極めてくれる凜一の忘我の表情を見つめ、数回彼の体内の心地よさを味わってから——深い場所に押しつけた。

強烈な快感をともなって、自分の体液が凜一の中に放たれていく。

「……あ、……っ、きて……る、よし、みく……の、」

喘いだ凜一は幸せそうに微笑み、駄目押しのように身体をこわばらせた。強く吸いつく肉襞に、また達してくれたのがわかって、沖津は優しく凜一を抱きすくめた。

愛しい。大切にしたい人が自分を愛し返してくれるのは、なんて幸福なことだろう。

唇を塞げば、苦しいだろうに口をひらいて応えてくれる凜一は、沖津にとってなにより尊い、美しい生き物だった。


凜一がぐったりしてしまったので、風呂は明日の朝に二人で入ることにして、汚れた場所だけを拭い、抱きしめあって横たわった。腕枕にうっとり頭を預け、凜一は眠たそうな声を出す。

「きょう、アルファでよかったな、と、思ったんだ……」

「……凜一さん、アルファなのいやだった？」

この世界でのアルファは厳然とした勝ち組だ。生物としても、社会的にも。アルファに生まれて得することはあっても、損することはほとんどない、はずだ。

凜一は小さく頷く。

「出来損ないだから、がっかりされるくらいなら、ベータかオメガがよかった」

「……そっか」

全然出来損ないじゃないのに、と沖津は思うが、凜一がずっと自分をそう思ってきて、家族にもそう扱われてきたのは知っている。兄の瑶一《よういち》は彼なりに弟を大事にしているのだが、そんな彼でも凜一はアルファにしては出来が悪い、と思っているのだから、凜一本人のコンプレックスは相当なものだろう。

「でも、アルファでよかった。ベータでもオメガでも、きっと吉見くんとは出会えなかったと思うし……それにアルファなら、頑張ればきみと新しい家族が作れる」

「俺もアルファだったら、凜一さんだけに頑張ってもらわないですんだのにね」

くすっと笑って耳を撫でると、違うよ、と凜一は子供みたいな顔をした。

「吉見くんはベータじゃないと駄目」

「……そうなの？」

「だって、もしアルファだったら僕は気後れして絶対友達になりたいなんて思えなかったし、オメガだったら僕には無理だと思って敬遠したから、吉見くんが吉見くんでよかった」

「……それ、すっごい嬉しいな」

ほかでもない、凜一がそんなふうに言ってくれるのが、染み入るように嬉しいし誇らしい。笑っておでこに口づけて、彼の好きな耳を何度も撫でる。

「じゃあ俺たち、ぴったりのベストカップルだね」

「うん」

「凜一さんは可愛いだけじゃなくて、すごくかっこいい最高の奥さんだね」

「……吉見くんも、かっこよくて、素敵なところしかない旦那様だよ」

じゃれあって鼻先をすりあわせ、短くキスをかわして。

（ちゃんと、信じられそう）

強がりでも、単なる願望でもなく、自分たちも運命に導かれたのかもしれない、と沖津は思う。だって、こんなに好きなのだ。愛しているという言葉でも足りないほど。

強く深く、特別な思いをいだける相手だから、どこかで少し間違えても、自分と凜一なら大丈夫だ。なにかに傷つく日があっても、その先ではきっと、二人とも幸せだと信じる道を進んでいける。

だって自慢の奥さんだもん、と思って、沖津は凜一を見つめた。

銀色のきつねの耳と尻尾を持つ、世界で一番大好きな人。

「これからもよろしくね、凜一さん」

ちゅ、と唇をついばむと、凜一ははにかみながら同じようにキスを返してくれた。

「僕も、……よろしくお願いします、吉見くん」

あとがき

こんにちは、または初めまして。葵居《あおい》です。リンクスさんで十二冊目、トータル三十六作目のお話になりました。

前回『愛《あい》されオメガの幸《しあわ》せごはん』を書かせていただいて、ありがたいことにいろんな方に楽しんでいただける作品になりました。自分でも大好きな世界とキャラクターになったので、ここで生きているほかのアルファやベータはどうなのかな、と考えはじめて生まれてきたのが、凜一《りんいち》と吉見《よしみ》です。同じ世界観なので、スピンオフではあるのですが、前作未読でも大丈夫なお話です。

きつねの半獣アルファだけれど、自分を落ちこぼれだと信じている不器用な凜一。ベータであることと家庭環境ゆえに、「特別」な存在を求めてきた吉見。

灯里《とうり》たちとはまたがらっと違う環境や周りの人々の中で、彼らなりの「運命の相手」と恋をし、愛しあうお話になるといいなあと思いながら書いていました。

凜一が最初に思っていたよりもすっごく頑なで、途中、この人たちは本当にうまくいくのかしら、と不安にもなりましたが……おかげでものすごく長くなってしまい、初の二段組になりました。

きつねのもふもふ、シトロンコーヒーの爽やかで甘い香りをおともに、読み終わったときには、「どんな出会いも恋も素敵だなあ」という、ほっこり幸せな気持ちになっていただけるといいなと思っております。楽しんでいただけますように……！

今回も、イラストはカワイチハル先生にお願いすることができました。かっこいい吉見と一見クールだけど中身は乙女な凜一と、どちらも素敵に描いていただけて幸せでした！　銀色のもふもふ最高です。カバー絵の小鳥さんもお気に入りです♪　カワイ先生、カラー、本文ともに素敵なイラストをありがとうございました。

いつもお世話になっている担当様、校正者様、書店様、製作等ご関係者様、そしてここまでおつきあいくださった読者の皆様にも、心からお礼申し上げます。

いつものように、ブログでもおまけSSを公開しますので、読んでやってくださいね。

http://aoiyuyu.jugem.jp

どこか一か所でも気に入っていただけていることを祈りつつ、また次の本でもお目にかかれれば幸いです。

二〇二〇年六月　葵居ゆゆ

愛されオメガの幸せごはん

あいされおめがのしあわせごはん

葵居ゆゆ

イラスト：カワイチハル

本体価格 870 円+税

半獣うさぎのオメガである月尾灯里は、ある日、縁談を持ちかけられる。相手はアルファで研究職のエリート・東桜路貴臣。灯里が東桜路家を訪れると、そこにはお見合い相手の貴臣と、まだ幼い半獣狼の珠空がいた。貴臣は、亡くなった弟夫婦に代わり珠空を一緒に育ててくれる相手を求めているという。貴臣の真面目で誠実な人柄と珠空が懐いてくれたことで結婚を決めた灯里だが、新婚生活がスタートしても貴臣との心の距離は縮まらず、他人行儀な関係に次第に寂しさが募っていく。そんな時、発情期を迎え、貴臣に義務的に熱を鎮められ、優しいながらも恋愛感情のない行為に灯里は…？

リンクスロマンス大好評発売中

ふたりの彼の甘いキス

ふたりのかれのあまいきす

葵居ゆゆ

イラスト：兼守美行

本体価格870円+税

漫画家の潮北深晴は、担当編集である宮尾規一郎に恋心を抱いていたが、その想いを告げる勇気はなく、見ているだけで満足する日々を送っていた。そんなある日、出版パーティで知り合った宮尾の従弟で年下の俳優・湊介と仲良くなり、同居の話が持ち上がる。それを知った宮尾に、「それなら三人で住もう」と提案され、深晴は想い人の家で暮らすことに。さらに、湊介の手助けで宮尾と恋仲になれ、生まれて初めての甘いキスを知る。その矢先「深晴さんを毎日どんどん好きになる。だからここを出ていくね」と湊介にまさかの告白をされ、宮尾のことが好きなはずなのに深晴の心は揺れ動き…？

初恋ウエディング《はつこいうえでぃんぐ》

葵居ゆゆ
イラスト：小椋ムク

本体価格 870 円+税

父子家庭で育った拓実の夢は、幸せな家庭を築くこと。でも、人の体温が苦手な拓実は半ばその夢を諦めていた。その矢先、子連れ女性との結婚に恵まれる。しかし、わずか半年で妻に金を持ち逃げされ、さらにアパートの立ち退きに遭い、父子で路頭に迷うことに…。そんな時、若手社長になっていた高校の同級生・偉月と再会する。実は拓実が人の体温が苦手になったのは偉月にキスをされたからで、そんな偉月から「住み込みで食事を作ってほしい」と頼まれる。その日から偉月と息子の愁との三人生活が始まって……？

リンクスロマンス大好評発売中

虹色のうさぎ《にじいろのうさぎ》

葵居ゆゆ
イラスト：カワイチハル

本体価格870円+税

華奢で繊細な容姿のイラストレーター・響太は過去のある出来事が原因で、一人で食事ができずにいたのだが、幼なじみで恋人の聖の変わることのない一途な愛情によって、少しずつトラウマを克服しつつあった。大事にしてくれる聖の想いにこたえるため、響太も恋人としてふさわしくなろうと努力するものの、絵を描くことしか取り柄のない自分になにができるのか、悩みは尽きない。そんな折、聖に「おまえが俺のものでいてくれればいい」と告げられて……。

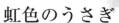

LYNX ROMANCE

小説原稿募集

リンクスロマンスではオリジナル作品の原稿を随時募集いたします。

募集作品

リンクスロマンスの読者を対象にした商業誌未発表のオリジナル作品。
（商業誌未発表のオリジナル作品であれば、同人誌・サイト発表作も受付可）

募集要項

＜応募資格＞
年齢・性別・プロ・アマ問いません。

＜原稿枚数＞
４５文字×１７行（１枚）の縦書き原稿、２００枚以上２４０枚以内。
※印刷形式は自由。ただしＡ４用紙を使用のこと。
※手書き、感熱紙不可。
※原稿には必ずノンブル（通し番号）を入れてください。

＜応募上の注意＞
◆原稿の１枚目には、作品のタイトル、ペンネーム、住所、氏名、年齢、電話番号、メールアドレス、投稿（掲載）歴を添付してください。
◆２枚目には、作品のあらすじ（４００字～８００字程度）を添付してください。
◆未完の作品（続きものなど）、他誌との二重投稿作品は受付不可です。
◆原稿は返却いたしませんので、必要な方はコピー等の控えをお取りください。
◆１作品につき、ひとつの封筒でご応募ください。

＜採用のお知らせ＞
◆採用の場合のみ、原稿到着後６カ月以内に編集部よりご連絡いたします。
◆優れた作品は、リンクスロマンスより発行させていただきます。
原稿料は、当社既定の印税でのお支払いになります。
◆選考に関するお電話やメールでのお問い合わせはご遠慮ください。

宛先

〒151-0051
東京都渋谷区千駄ヶ谷４−９−７
株式会社　幻冬舎コミックス
「リンクスロマンス　小説原稿募集」係

この本を読んでの
ご意見・ご感想を
お寄せ下さい。

〒151-0051
東京都渋谷区千駄ヶ谷4-9-7
(株)幻冬舎コミックス　リンクス編集部
「葵居《あおい》ゆゆ先生」係／「カワイチハル先生」係

リンクス ロマンス

銀色きつねは愛されアルファ

2020年6月30日　第1刷発行

著者…………葵居《あおい》ゆゆ
発行人…………石原正康
発行元…………株式会社　幻冬舎コミックス
〒151-0051　東京都渋谷区千駄ヶ谷4-9-7
TEL 03-5411-6431（編集）
発売元…………株式会社　幻冬舎
〒151-0051　東京都渋谷区千駄ヶ谷4-9-7
TEL 03-5411-6222（営業）
振替00120-8-767643
印刷・製本所…株式会社　光邦
検印廃止

ISBN978-4-344-84672-2 C0293
Printed in Japan

幻冬舎コミックスホームページ　https://www.gentosha-comics.net